소설

공정 드래곤즈

김영종 ― 옮김

쿠와바라 타쿠 ― 원작·일러스트

타치바나 모모 ― 지음

소설 공정 드래곤스

소설 공정 드래곤스 목차

프롤로그

─성가셔질 것 같군.

바나벨은 밤 랜스를 장전한 포룡총을 들고 검을 허리춤에 찬 다음, 그라나츠(작렬탄체)를 설치하기 위해 갑판으로 나왔다. 평소라면 일단 앵커를 발사해서 용을 붙잡은 뒤 밧줄을 타고 건너가서 숨통을 끊는 게 기본적인 방법이다. 하지만 여자인 바나벨 혼자서 그일들을 모두 해낼 수는 없다. 우선시해야 할 것은 포획이 아니라격퇴다. 그렇다면 앵커는 없어도 되지 않으려나? 그렇게 생각하며빠른 속도로 머리를 굴린다.

─나 혼자서 해낼 수 있을까?

지금까지도 혼자서 용을 해치운 경험이 없는 것은 아니다. 하지만 엄호는 있는 것만으로도 안도감을 준다는 사실을 새삼 깨달았다.

맛있는 냄새가 나네.

그라면 긴장하기 전에 그렇게 말할 것 같다. 그렇게 생각하며 바나벨은 코로 숨을 들이마셨다.

전방에는 구름 기둥이 우뚝 솟아 있다. 어렸을 때… 아직 지상에있었을 무렵, 바나벨은 구름 뭉치를 볼 때마다 머랭 같다며 떠들어댔다. 어머니는 요리를 잘하는 편이 아니었지만, 자신을 잘 챙겨주던 튀타가 간식으로 손수 과자를 만들어주곤 했는데, 그중에서도 푹신푹신한 머랭을 올린 레몬 파이를 바나벨은 몹시 좋아했다.

그래서 지금도 바나벨은 구름 기둥을 보면 종종 그 그리운 감귤 냄새가 코끝을 스치는 듯한 착각을 느낀다. 한순간 달콤한 행복으로 가득했던 과거로 돌아간 느낌이 들었지만 그것은 곧 화약 냄새에 의해 사라지고 바나벨의 의식은 현실로 돌아왔다. 들고 있는 포룡총의 무게가 바나벨의 '집'이 어디인지를 가르쳐주고 있다.

이곳은 퀸 자자 호. 하늘을 유영하는 용을 뒤쫓아 동서남북 종횡무진 하늘을 누비는 포룡선이다. 지금의 자신은 천진난만했던 어린 시절의 바나벨이 아니라, 바람을 타고 그림자를 뒤쫓아 하늘을 떠도는 유랑자, 용잡이 바니다.

—지금의 집을 지켜야 돼.

오랜만에 마음이 약해진 상태인 자신을 질타하며 바나벨은 천천히 숨을 들이마셨다.

사냥감은 이미 코앞까지 다가와 있었다.

제 1 화

"바니 씨, 어떡하지?"

평소엔 그렇게나 발랄했던 그녀가 절박한 표정과 떨리는 목소리로 말한 것은 오늘 아침의 일이었다. 바나벨은 앞에 있는 냄비를 흘끗 본 뒤 요리를 하던 손놀림을 멈추었다. 연분홍색 거품이 부글부글 끓어오르며 희미하게 달콤한 냄새를 주방에 풍긴다. 사주장(주1) 요시가 만들어놓은 월귤 크랜베리 잼에 물과 설탕을 넣어 끓이는 것만으로도 완성되는 이 모르스(주2)라면 아무리 입맛이 없어도 다 먹을 수 있을 것이다.

어찌어찌 사람 수만큼 다 준비할 수 있을 것 같아. 그렇게 말하려고 돌아보다가 타키타가 입을 일자로 꾹 다물고 있는 것을 보고 말문이 막혔다. 창백한 얼굴로 목소리뿐 아니라온몸을 잘게 떨고 있는 그녀가 불안에 짓눌려 있다는 것을 깨달았기 때문이다. 필요한 것은 말보다 온기일 것 같다 싶어 자신보다 키가 작은 그녀의 머리를 쓰다듬어주려 했지만 그 움직임을 눈치챈 타키타는 반사적으로 몸을 뒤로 뺐다. 그 눈동자가 젖어 있는 것을 본 바나벨의 표정이 굳었다.

"…타키타, 너."

이름을 부르자 타키타는 눈을 질끈 감았다. 손을 뻗어도 이제 도망치지 않는다.

주1) 사주장: 司廚長. 평범한 요리사와 달리 식사를 만들 뿐 아니라 하역을 돕기도 하는 직책.
주2) 모르스: mors. 주로 월귤과 크랜베리로 만드는 러시아의 비탄산 과일 음료.

손끝이 닿은 것만으로도 이마에서 심상치 않은 열이 느껴졌기에 그녀의 몸이 병에 잠식되어 있다는 것을 알 수 있었다.

"미안해."

중얼거린 타카타의 머리가 흔들리나 싶더니 그대로 다리에서 힘이 풀렸다. 쓰러지기 직전에 바나벨은 그 가녀린 몸을 받아 안았다. 거의 의식이 없는 상태일 텐데도 타키타는 바나벨의 품속에서 작은 저항을 보였다.

"안 돼, 옮아."

"괜찮아. …괜찮으니까."

그렇게 말하고 나서 바나벨은 불을 끄고 타키타를 업었다. 열을 머금은 숨결이 귓전에 느껴진다. 대체 언제부터 참고 있었던 거지? 눈치채지 못한 자신의 부주의함에 혀를 차고 싶어졌지만 참았다. 그 소리를 들은 타키타가 죄책감을 느끼지 않도록 말이다. 얕은 호흡을 되풀이하는 타키타를 선실에 운반한 후 침대에 눕힌다. 미안해, 하고 헛소리처럼 몇 번이고 중얼거리는 타키타의 모습에 가슴이 아팠다.

─이로써 남은 것은 세 명.

바나벨은 앞머리를 쓸어 올리며 한숨을 쉬었다. 최대한 소리를 내지 않으려 했지만 그 작은 숨소리도 몹시 크게 울려 퍼졌다. 그도 그럴 것이다.

여느 때라면 여기저기에서 웃음소리와 농담 소리가 들려왔을 선내에서 활기가 완전히 사라지고 없는 것이다. 분주한 발소리와 남자들의 땀 냄새, 그 모든 것이.

퀸 자자 호 운항 사상 처음으로 겪는 이상 사태였다.

처음은 깁스였다.

수염이 덥수룩하게 나 있고 우락부락한 얼굴에 체격이 좋은, 선원들의 믿음직한 리더.

컨디션 불량과는 무관해 보이는 그였지만 복통을 호소하는 것은 처음이 아니었다. 용을 해치운 후 비행선 망루에서 사흘간 불철주야 서 있는 게 흔한 일일 만큼 체력에 자신이 있는 깁스는 종종 자신의 상태를 오판하곤 했다.

컨디션 불량은 음식을 섭취하면 낫는다며 약해진 위장으로 기름진 용고기를 먹다가 악화되어 드러누웠던 적은 예전에도 있었다. 물론 그의 명예를 위해 덧붙이자면 1년에 한 번 있을까 말까 한 낮은 빈도였지만.

아무튼 그래서 깁스가 배를 부여잡고 웅크렸을 때에도 그렇게 큰일이라고는 생각하지 않았다. 바나벨뿐 아니라 요시, 선장 대리 크로코, 경리 리까지 모두가 그렇게 생각했다.

한나절 후 발열과 두통을 호소했을 때조차, 무리를 하니까 그렇게 된 거라며 쓰게 웃었다. 요시는 깁스를 위해 용의 간이 들어갔다는 한방약을 달여 먹였다. 여느 때라면 하루 정도 푹 자면 땀과 함께 독소도 빠져야 했다.

하지만 이틀이 지나도, 사흘이 지나도 깁스의 열은 내려가지 않았다. 그러기는커녕 페이와 소리야까지 같은 증상을 호소하며 고열로 쓰러졌다.

함께 있는 적이 많은 두 사람이었기에 같이 뭘 잘못 먹은 거겠지 하고 쓰게 웃는 요시의 눈동자는 불안하게 떨리고 있었다. 식중독을 우려했던 것이리라. 꼼꼼하게 식재료를 체크하고 여느 때 이상

으로 위생 관리를 철저히 하는 그 모습에 바나벨도 지나친 걱정이라고는 말하지 못했다.

실제로 피해는 확대되었다.

니코, 오켄, 크로코, 더그 아저씨, 바코, 바다킨.

체력에 자신이 있는 사람들이 속속 병으로 쓰러졌기에 요시는 나날이 창백해졌다.

바나벨이 보기에 딱히 나쁜 것이 음식에 섞여 있었다고는 생각되지 않았고, 용을 잡은 후에 선내가 좀 어수선하긴 했지만 청결함이 훼손되거나 하진 않았다고 단언할 수 있다. 그것은 다른 선원들도 똑같았기에 아무도 요시를 책망하지 않았고 의심도 하지 않았다. 하지만 긴장감은 부쩍 커졌다. 음식을 잘못 먹은 것인지, 고약한 감기에 걸린 것인지 알 수 없지만 후자라면 꽤 강한 감염증일 게 분명했기에.

"다들 의외로 위가 약하구나."

미카는 태평스럽게 말하면서 고기를 씹었다. 아침에 나왔던 수프를 간식 대용으로 그릇에 담아 온 모양이다.

"싱싱한 고기는 빨리 먹지 않으면 상하니까 어쩔 수 없이 다른 사람들의 몫까지 내가 처리할 수밖에 없겠군."

"넌 그냥 네가 먹고 싶은 거잖아! 평소에도 그런 거 신경 안 쓰고 잘만 먹으면서!"

나이 적은 지로가 그렇게 호통을 쳤지만 그 말이 요시에 대한 배려라는 것은 다들 눈치채고 있었다. 우적우적 고기를 씹고 있는 그 얼굴은 역시 그냥 먹고 싶어서 한 소리였을지도 모른다는 생각이 들 만큼 황홀한 것이었지만, 무엇을 먹어도 쓰러질 기미가 없는 미카의 그 모습은 요시를 조금 안심시켰다.

그래서 미카가 쓰러진 것이 요시의 뒤라서 다행이라고 바나벨은 생각한다.

흙빛이 된 얼굴로 요리를 훔쳐 먹으려는 미카의 식탐 하나는 훌륭했지만 식은땀을 흘리고 있는 그 모습이 아무리 봐도 평소와는 달랐기에 바나벨은 타키타와 함께 그를 선실로 끌고 가서 억지로 침대에 눕혔다.

밧줄로 손과 발을 묶는 게 좋지 않을까? 라는 타키타의 제안에 마음이 좀 흔들리긴 했지만 그만두기로 했다. 그런 짓을 하지 않아도 미카의 체력은 꽤 약해진 상태였다.

그렇게 깁스가 쓰러진 지 1주일도 되지 않아 퀸 자자 호의 남자들은 한 명도 빠짐없이 다 병으로 쓰러지고 말았다.

"정말 난감하게 됐네~."

그을린 등불이 비추는 선교에서, 카펠라가 키를 꺾으며 늘어지는 목소리로 말했다. 옆에서 시끄럽게 지시하는 크로코의 모습이 없는 것만으로도 이렇게 허전한 느낌이 들 줄은 몰랐다.

"우리들도 언제 쓰러질지 알 수 없는 상황이려나? 전혀 그럴 기미는 없지만."

핫초코를 홀짝이면서 역시나 긴장감 없는 목소리로 말한 것은 기사(技師)인 메인이었다. 작업 중에는 언제나 눌러쓰고 있는 모자를 바닥에 내려놓은 채 다리를 쭉 뻗고 앉아 있다.

비행선에 있는 네 명의 여자들은 타키타를 비롯해서 다들 쌩쌩했기에 남자들만 걸리는 병인가 싶었다. 하지만 타키타가 쓰러진 지금, 그것이 그저 희망적인 관측에 지나지 않았음을 깨달았다.

"카펠라까지 쓰러지면 이제 끝장 아니야?"

"재수 없는 소리 하지 마."

"그때에는 메인한테 퀸 자자 호를 맡길게. 기사니까 기계 조작엔 능숙할 거 아냐."

"구조를 아는 것과 조종하는 건 전혀 다르다고."

두 사람의 목소리를 들으면서, 벽에 등을 기대고 선 채 바나벨은 메인이 타준 핫초코에 입을 가져갔다. 향기만으로도 럼주가 듬뿍 들어갔다는 것을 알 수 있다. 게다가 이것은 요시가 부엌 깊은 곳에 숨겨두고 있는 고급 럼주다. 그전에 초콜릿 자체도 질에 상관없이 선내에서 먹기에는 상당한 사치품이었지만, 이런 것을 마셔도 되냐고 묻는다면 '우리들이 배 운용과 간병을 다 해야 하는 상황이니까 이 정도 보수는 당연하잖아!' 라고 당당하게 대답할 게 뻔했다. 비상사태임에도 풀이 죽지 않은 두 사람의 모습에 바나벨은 훗 하고 웃음을 흘렸다.

"지금은 네벨시로 가고 있는 거지?"

바나벨이 묻자 카펠라는 고개를 끄덕였다.

"그래. 그곳이 가장 가까우니까. …사실 좀 더 가까운 곳에 마을이 있긴 하지만 그곳에는 큰 병원이 없어서 말야. 한방의 한두 명 정도가 있는 정도려나?"

"…단순한 감기는 아닌 것 같으니 말이지."

의료 설비가 갖춰져 있지 않은 마을에 감염증을 퍼뜨릴지도 모르는 위험은 감수할 수 없다. 카펠라는 바나벨의 말에 작게 한숨을 내쉬었다.

주3) 뇌증: 腦症. 중병 또는 고열로 뇌가 손상되어 의식 장애가 일어나는 현상.

"뇌증(주3)이 무서우니까 한시라도 빨리 지상에 상륙해서 해열제를 손에 넣고 싶은데 말야."

"괜찮을 거야! 우리 배 남자들은 그렇게 쉽게 죽거나 하진 않아. 물론 타키타도 마찬가지고."

밝은 목소리로 말하는 메인의 모습에 바나벨은 얼굴의 긴장을 조금 누그러뜨렸다.

"그래, 가끔은 얌전히 누워 있게 하는 것도 괜찮겠지."

"네벨에 도착할 무렵에는 다들 털고 있어날지도 모르고 말야."

위안거리에 지나지 않는다는 것은 알고 있지만, 셋이서 가벼운 농담을 주고받고 있자니 무거운 분위기는 약간 누그러졌다.

깁스를 비롯해서 초기에 쓰러진 선원들의 열은 꽤 진정되었지만 그래도 평열과는 거리가 멀었고 몸을 일으키는 것도 여의치 않았다.

그럼에도 해열제는 이미 바닥을 드러내고 있다. 선내의 식량만으로는 영양을 섭취하는 데 충분하지 않으니 한시라도 빨리 지상에 상륙해야 하지만 아무리 마음이 급해도 가능한 일에는 한계가 있었다. 지금은 그저 전원의 체력이 버텨주기를 바라는 수밖에 없다.

"도착은?"

"앞으로 이틀 반… 아니, 사흘이려나? 전속력으로 가고 싶긴 하지만 언제 엔진이 망가질지 몰라서 말야. 이래서 고물 배는 안 된다니까."

"크로코 씨가 들으면 화낼 소리를."

"괜찮아, 괜찮아. 호랑이 없는 곳에선 여우가 왕이랬어."

"하하, 걱정 말고 사흘을 목표로 비행하도록 해. 그때까지 엔진은 어떻게든 내가 버티게 할 테니까."

"음? 메인이야말로 무리하면 더그 아저씨한테 혼나지 않아?"

"안 들키면 돼, 안 들키면."

천연덕스럽게 말하고 메인은 덧붙였다.

"다만 문제는 엔진 냉각이네. 금방 과열되니 말야."

"어쩔 수 없어. 우리 배 남자들이 다 그 모양이라."

"부부는 함께 있으면 닮는다고 하니 말야. 뭐 그런 이유로 나는 기관실에 틀어박혀 있을게. 조금이라도 눈을 떼면 어떤 심술을 부릴지 알 수 없다는 것도 우리 배 남자들과 똑같으니까."

"컵은 내가 씻어놓을게. 식사도 나중에 가져다주고."

기세 좋게 일어선 메인에게서 바나벨이 머그잔을 받아들자 메인은 모자를 눌러쓰며 의미심장한 웃음을 입가에 지었다.

"식량고 안쪽에 생햄이 있어. 요시 씨가 소중하게 숙성시켜오던 것."

"그러고 보니 지난번에 들른 마을에서 좋은 크림치즈를 손에 넣었다고 싱글벙글했었지."

카펠라의 눈동자도 안경 뒤에서 반짝 빛났다. 바나벨은 이해했다는 듯 고개를 끄덕였다.

"먹기 쉽도록 바게트에 끼워서 가져갈게."

"좋았어!"

"망루 쪽은 부탁할게. 하지만 모쪼록 무리는 하지 마."

"너희들도."

시선을 교환한 뒤 서로의 위치로 향한다.

엔진 이전에 동료들의 체력이 못 버틸지 모른다는 불안감은 세 사람 모두 가지고 있을 것이다. 하지만 절망적이라고도 할 수 있는 이 상황에서 바나벨이 괜찮을 거라고 믿을 수 있는 것은 어떠한 때에도 역할을 소홀히 하지 않고 입맛을 결코 잃지 않는 두 사람이 있어주기 때문이었다.

남보라색 옅은 어둠 속에 하얀 입김이 피어오른다. 케이프를 입고 있지만 망루 위는 손이 곱을 만큼 추웠다. 해는 완전히 저물어서 그 어디에도 모습이 보이지 않지만 연분홍색으로 물든 지평선은 얼마 전까지 그 존재가 있었다는 것을 알려주고 있다.

발밑에 펼쳐진 눈 쌓인 산맥의 경치는 여느 때보다 눈부시게 느껴졌고, 너무나 크게 울려 퍼지는 프로펠러 소리는 바나벨로 하여금 마치 처음 배를 탄 어린아이처럼 신선한 놀라움을 가슴에 품게 만들었다.

원인은 알고 있다. 언제나 함께 서 있었던 타키타가 이곳에 없기 때문이다.

와! 보세요, 바니 씨.

하늘에 그러데이션이 있어요! 저번에는 자줏빛이었는데 오늘은 핑크색! 오, 눈이 굉장히 많이 왔네요. 어쩐지 춥더라. 구름이 거의 없는데 그럼 용이 출현할 확률도 낮은 거겠죠? 미카 씨가 용은 구름이 데려온다고 했는데 정말일까요? 그러고 보니 주사(呪辭)에도 구름이 들어가 있긴 하네. 어떻게 생각해요? 바니 씨….

시끄러운 것은 별로 안 좋아하지만 타키타의 수다를 불쾌하게 느낀 적은 없었다.

자신이 남들보다 과묵한 것은 알고 있었고 자기 이야기를 하는 것도 좋아하지 않았지만, 무슨 까닭인지 타키타와 단둘이 있을 때만큼은 자연스럽게 입매가 느슨해졌다. 지금도 신음하고 있을 그녀의 얼굴이 뇌리를 스친다. 최대한 빨리 편하게 만들어주고 싶다. 네벨시에 도착하기 전이라도 다른 배를 만날 수 있다면 약을 얻을 수 있을지 모른다. 그렇게 생각한 바나벨은 약간의 기척도 놓치지 않기 위해 하늘을 구석구석 살폈다.

그때에도 이런 저녁 하늘이었지. 바나벨은 문득 떠올렸다.

처음 퀸 자자 호에 탑승했을 때의 일이다.

바나벨은 밀항자였다. 지상에서는 갈 곳을 잃고 우연히 정박해 있던 배에 숨어들었던 것이다.

선체는 상처투성이였고 이곳저곳이 너덜너덜해 보였지만, 부자들의 배는 경비가 삼엄했고 운 좋게 숨어들 수 있다 해도 지저분한 행색의 바나벨 따윈 비정하게 내쳐지든지 경찰에 넘겨질 게 뻔했다. 자신처럼 지저분한 이 배 사람들이라면 어느 정도의 온정은 베풀어주지 않을까 기대했다.

지금 생각해보니 무의식적으로 그런 계산을 하고 있었다는 것을 알 수 있는 거지, 당시엔 공복을 견디지 못해서 그저 배를 채울 만한 걸 얻을 수 있다면 무엇이든 좋았다. 저장고에서 치즈를 훔쳐 먹고 있다가 미카에게 들킬 때까지 하루 반 동안 바나벨은 배의 진동에 몸을 맡긴 채 숨을 죽이고 숨어 있었다. 멀리서 들려오는 웃음소리는 식사 시간이면 한층 더 커져서, 이 배 사람들이 동료들과 함께 보내는 시간을 무엇보다도 소중히 한다는 걸 깨달았다.

따뜻한 분위기의 배라고 생각했다.

조잡하고 거칠며 빈말로라도 기품이 있다고는 말하기 힘든 면면

들이었지만.

자신이 잃어버린 것을 눈물이 아니라 미소와 함께 꿈에서 볼 수 있었던 것은, 떠돌이 시절 이후로 처음 하는 경험이었다.

미카에 의해 저장고에서 끌려나와 복도를 걷고 있을 때 둥그런 창을 통해 하늘이 보였다. 그때의 하늘도 이렇게 차갑게 식은 파란색 속에 태양의 열기가 남아 있었다. 육지에 도착한 후에도 배를 떠날 생각이 들지 않은 것은 그때의 따뜻함이 기분 좋게 피부에 스며들었기 때문일지도 모른다.

그래서 말다툼 소리 하나 들려오지 않는 지금의 퀸 자자 호에서 홀로 망루에 서 있는 것은 외로웠다. 그러다 쓴웃음을 짓는다. 외롭다는 감상이 아직 자신에게 남아 있었군.

—괜찮을 거야. 분명 괜찮을 거라고.

먹고 마시는 것을 누구보다도 좋아하는 그들은 근본적으로 생존력도 강하다. 그리 쉽게 병에 질 리 없다고 스스로를 타이른다.

그때 문득 뺨을 스치는 바람이 한층 더 차가워진 것을 깨달았다. 여전히 구름은 적지만 북쪽에 굵은 기둥 같은 구름이 피어올라 있는 게 보였다. 시야가 아까보다 흐렸고 안개도 깊었다.

짙은 안개 너머에서 무지갯빛으로 빛나는 긴 무언가가 꿈틀대고 있다.

바나벨은 숨을 삼켰다. 그것은 틀림없는 용의 꼬리였다.

『바니 씨, 들려요?』

선교에서의 통신이 갑판에 울려 퍼졌다. 카펠라다.

『7시 방향에서 용을 포착했어요. …바니 씨 말대로 낌새가 좀 이상하군요. 식선용(食船龍)일지도 모르겠습니다.』

"라저. 고도를 낮추고 최대한 우회하도록 해. 만약의 경우엔 내가 어떻게든 할게."

전성관에 대고 그렇게 속삭이자 카펠라도 잠시 망설이다가 『라저』라고 대답했다.

―만약의 경우 따원 오지 않는 게 좋은데.

용은 보통 자신의 의지로 배에 접근하지 않는다. 하지만 가끔 무언가 이유가 있어 흉포해진 '식선용'이라 불리는 용이 배를 공격하는 일이 있다. 식선용이 아니더라도 동료의 냄새를 맡으면 배에 다가올 위험성이 있다.

유감스럽게도 지금 이 배는 손질한 지 얼마 안 되는 용의 기름과 고기를 잔뜩 싣고 있다. 인간에게는 아무런 냄새가 나지 않아도 용에게는 먼 거리에서도 감지될 것이다.

―이런 걸 설상가상이라고 했나?

불운은 겹쳐지기 마련이다. 바나벨은 그것을 잘 알고 있었다. 어쩌면 공격하지 않을지도 모르고, 잘 피해서 무사히 마을에 도착할지도 모르지만, 그것은 희망이 아니라 부질없는 바람일 뿐이었다. 부질없는 바람으로 현실을 외면하고 있다간 보다 안 좋은 사태를 초래할 수 있다. 그리고 뭔지 모를 불안감이 바나벨을 엄습하고 있다.

평소보다 그라나츠가 무겁게 느껴져서 설치하는 데도 애를 먹는다. 이마에 맺힌 땀을 닦으며 바나벨은 일단 손을 멈추었다. 손끝이 떨리고 있다. 깊게 숨을 들이마신 후 내뱉는다.

"침착해, 바나벨."

그렇게 스스로를 타일렀을 때 갑자기 뒤에서 그림자가 드리웠다.

"그래, 침착해, 바나벨."

미카였다.

눈을 부릅뜬 바나벨에게 환자라는 게 믿기지 않을 만큼 자신만만하게 웃어 보인다. 다 나은 거냐고 물으려다가 그럴 리 없다고 생각했다. 실제로 미카의 이마에는 식은땀이 맺혀 있었고 몸은 잘게 떨리고 있었다. 어슴푸레한 탓에 잘 보이지는 않지만 안색도 좋을 리 없다.

"여기서 뭐 하고 있어? 어서 선실로 돌아가."

"싫어. 사냥감이 눈앞에 있는데 그냥 보고 있을 것 같아?"

"그나저나 어떻게 안 거야? 선실의 통신은 차단되어 있는데."

"냄새가 났거든."

"그럴 리가."

아무리 초인적인 후각을 가지고 있어도 선실에서 맡을 수 있을 리 없다. 의심스럽다는 눈길을 던지는 바나벨에게 미카는 미안한 기색도 없이 어깨를 으쓱했다.

"너무 더워서 화장실에 가는 김에 바람 좀 쐬려고 나왔는데 덕분에 발견할 수 있었어."

미카는 눈을 가늘게 뜨고 저편에 있는 용을 살피면서 중얼거렸다.

"...왠지 괴로워 보이는군."

잡고 싶다는 마음이 옆모습에서 전해진다. 하지만 떨리는 무릎을 보면 지금의 그는 서 있기도 힘들다는 게 분명했다. 바나벨은 미카의 왼팔을 잡고 자신의 어깨에 감았다.

"일단 너는 선실에 누워 있어. 안됐지만 이번엔 자극하지 않고 도 망치는 게 최선이야."

"과연 도망치게 놔둘까?"

야유하는 목소리에 곁눈질로 노려봤지만 그 표정은 의외로 진지했다. 바나벨은 말없이 미카를 부축해서 선실로 향했다. 용이 있는 북쪽 하늘은 하필이면 네벨시가 있는 방향이다. 지금의 퀸 자자 호는 용이 떠나기를 기다릴 시간도, 크게 우회할 시간도 없다. 미카의 뜨거운 체온을 느끼면서 바나벨은 아랫입술을 꽉 깨물었다.

전신이 한눈에 들어올 만큼 용이 접근한 건, 그 후로 딱 24시간 후—다음날 같은 시각이었다.

점점 짙어지는 안개 사이로 무지갯빛 색깔이 춤추는 게 보인다. 눈으로 직접 살펴본 결과 날개는 넷이고 길이는 대략 4~5메트로로, 그리 큰 용은 아닌 것 같지만 몹시 긴 꼬리를 가지고 있었다. 그리고 조금씩이지만 확실히 이쪽으로 접근하고 있다.

—역시 흥분한 상태야.

인원이 부족한 지금, 우선시해야 할 것은 포획이 아니라 격퇴다. 하지만 그것도 쉬울 것 같지는 않다. 바나벨은 갑판에서 용을 확인하면서 온몸이 굳는 것을 느꼈다.

용의 체온에 데워져서 그렇게나 차가웠던 바람이 지금은 희미한 열기를 띠고 있다. 그 얼얼한 공기에 긴장감이 고조된다. 다시 떨릴 것 같은 몸을 진정시키고 심호흡을 한 그 순간,

"맛있을 것 같네."

뒤에서 태평스럽게 중얼거리는 목소리가 들렸다. 하지만 이번엔

놀라지 않았다. 파일 랜스를 들고 있는데다 헬멧과 고글까지 착용하고 있는 미카를 보고도 그저 어이없다는 한숨을 흘릴 뿐이다.

"—바보 아니야? 그러다 죽어."

"너 혼자서 덤벼봤자 위험한 건 마찬가지라고."

반박하지 않은 것은 용의 포효가 희미하게 들렸기 때문이다. 이쪽에 포착된 것을 눈치챘는지 용은 구름 기둥에서 얼굴을 내밀고 호박색 수정 같은 눈을 이쪽으로 향하고 있었다. 포착하려다 오히려 포착당했다.

바나벨은 짐짓 긴 한숨을 쉬어 보였다.

"하는 이상 발목은 잡지 마."

"누구한테 말하는 거야."

미카는 흐흥 하고 여느 때와 다름없는 여유를 보이며 코웃음을 친 후, 떨림이 멈춘 손으로 파일 랜스에 화약통과 단창을 장전했다. 열이 내린 게 아니라는 것은 바나벨도 잘 알고 있지만 이곳에 있는 것은 환자가 아니라 여느 때의 믿음직한 퀸 자자 호 제일의 용잡이였다.

그나저나 맛있을 것 같은 냄새라는 게 대체 뭐지? 바나벨은 생각했다.

이만큼 접근하면 미카가 아니더라도 용의 냄새는 맡을 수 있다. 개체에 따라 그 냄새는 제각각인데 아몬드같이 구수한 냄새를 풍기는 게 있는가 하면 햇볕을 쬔 수풀을 연상시키는 것도 있었다.

확실히 전자라면 맛있을 것 같다고 할 수 없는 것도 아니고 피지의 분비에 입맛을 자극받을 수도 있겠지만, 이번 용은 왠지 쇠 냄새가 났고 마른 하늘을 유영하고 있음에도 눅눅하고 시큼한 냄새를 내뿜고 있었기에 적극적으로 먹고 싶다는 생각은 들지 않았다.

　―지금은 그런 생각이나 하고 있을 때가 아닌가?

　미카와 함께 있으면 긴박감이 없어져버린다. 무시하기로 하고 바나벨은 앵커가 장전된 포룡총을 겨누었다. 이것은 본래 깁스의 역할인데 그는 아무리 거리가 멀어도 결코 급소를 놓치지 않는다. 바나벨은 총격보다는 접근전에 더 능하지만 그것은 미카도 마찬가지였다.

　다리가 조금 후들거리고 있는 지금의 그에게는 어느 쪽을 맡기든 불안한 것은 똑같았기에, 그렇다면 좀 더 익숙한 쪽을 시키는 게 그나마 나았다.

　"이런 안개라면 열포를 쏘는 게 더 낫지 않아?"

　갑작스러운 목소리에 돌아보니 어느샌가 메인이 갑판에 서 있었다.

　들고 있는 것은 작은 체구에 어울리지 않는 원통 모양의 대포다. 이것으로 연소성 탄을 발사해서 용을 위협하고 쫓아낼 수 있다. 용을 사냥하는 데 쓰이는 게 아니기에 바나벨과 미카는 지금까지 그 존재를 까맣게 잊고 있었다.

　"일부러 꺼내 온 거야?"

　미카가 묻자 메인은 고개를 끄덕였다.

　"전에 쓰는 것을 본 적이 있거든. 원래는 내 역할이 아니지만 이런 비상시에는 그런 거 따지고 있을 때가 아니잖아."

　"고마워."

　"대신 야식에 생햄을 한 장 더 추가해달라고!"

　짙은 안개 너머에서 다가오는 그림자가 보인 순간 메인이 열포를 쏘았다. 익숙지 않은 탓인지 제어가 조금 어긋나서 바나벨의 귓가를 열기가 스치고 지나갔다. 가까운 거리에서 휘몰아친 폭풍에 날아갈 뻔했지만 양발에 힘을 주고 버텼다. 그러고 있자니 놀란 용이 휘두른 꼬리가 어느샌가 머리 위에서 달려들고 있었다.

생각하기도 전에 몸이 먼저 움직였다. 뒤쪽으로 도약한 바나벨은 메인을 향해 휘둘러진 꼬리를, 명중 직전에 검으로 베었다. 뜨뜻미지근한 피보라가 뺨에 뿌려진다.

―아, 쇠 냄새.

용한테서 풍겼던 냄새가 피 냄새였다는 사실을 깨달은 것과 핏방울이 바나벨의 머리 위에서 흘러내린 것은 동시였다. 이 피는 꼬리의 절단면에서 흘러나온 게 아니라 처음부터 부상을 입고 있었던 곳에서 나온 모양이다.

작지만 굵은 창 여러 개가 날개에 박힌 채 피를 흘리고 있는 용의 모습은 가까이서 보니 안쓰러울 지경이어서 바나벨은 무의식적으로 검을 거두고 말았다.

앵커를 쏠 것도 없이 용은 어느샌가 갑판 위 상공에서 크게 날개를 펼친 채 그 존재를 드러내고 있었다. 끼이이이잉! 초음파 같은 울음소리가 울려 퍼진다. 위협이라기보다는 오열로 들려서 바나벨은 얼굴을 찡그렸다.

식선용이 아니다.

통증과 분노를 참지 못한 용이 원치 않은 폭주에 내몰린 것뿐이었다.

미카가 입술을 일자로 꾹 다물었다. 짜증을 억누르고 있을 때의 표정이다.

최소한의 공격으로 해치우고 맛있게 먹어 치우는 게 용잡이의 올바른 자세라고 미카는 입버릇처럼 말하곤 했다. 물론 상처만 입히고 방치한 게 아니라 누군가가 잡으려다 못 잡고 놓친 것이겠지만 … 아무튼 이런 것을 미카는 무엇보다도 싫어했다.

쩌억 하는 소리를 내며 용의 몸이 세로로 갈라졌다. 그곳이 '입'일 거라는 점은 무수히 드러난 이빨로 알 수 있었다. 안에서 혀인지, 촉수인지 알 수 없는 길고 미끈미끈한 무언가가 뻗어 나왔다. 미카에게 감기려는 그것의 뿌리 부분, 즉 입속을 노리고 쏘았다. 포격의 연기를 뚫고 미카는 환자로는 생각되지 않는 속도로 내달려 용의 몸에 올라타 매달리더니 용의 급소, 즉 등 한복판에 파일 랜스의 뾰족한 단창을 쏘았다.

쿵 하는 소리를 내며 용의 몸이 갑판 위로 떨어지자 그 충격으로 바나벨 일행의 몸도 잠시 붕 떴다. 짧아진 꼬리도 한 번 튕겨 오른 후 다시 떨어진다. 박혀 있던 창 때문에 애초에 남은 수명은 그리 길지 않았던 모양인지 용은 푸슉푸슉 약한 숨을 내쉬다가 이윽고 조용해졌다.

"…과연 미카 씨야."

메인이 탄성을 흘렸다.

하지만 정작 미카는 용의 등에 매달린 채 거의 의식을 잃은 듯 보였다. 말 그대로 물어뜯으려 하고 있는 것처럼도 보였지만 바나벨은 아무 말도 하지 않았다. 역시 너무 무리를 한 것인가 싶어 바나벨이 손을 뻗은 순간, 낌새를 눈치챘는지 미카는 눈을 번쩍 떴다.

"……아깝군. 모처럼 잡았는데 지금의 우리들로선 손질할 수 없어."

"네벨에 도착할 때까지 이곳에 방치해둘 수밖에 없겠네."

"쳇. ……갑판에다 올려두고 운반할 수 있는 것만으로도 다행인가."

미카는 투덜거리며 몸을 일으켰다. 후들거리는 다리로 갑판으로 내려와서 힘껏 기지개를 켠다.

"먹으면 기운이 날 것 같기도 한데 말야."

"모르스에 브랜디를 뿌려줄 테니까 그걸로 참아."

목소리에 자상함이 섞인 것은 미카의 '먹고 싶다'는 말이 공복에서 나온 말이 아님을 잘 알고 있기 때문이다.

—이 사람에게 먹는 것은 추도에 가깝다.

설사 입맛이 90퍼센트라고 해도 바나벨은 그 마음에 거짓이 없다는 것을 잘 알고 있다.

"마을로 가면 손질을 도와줄 용잡이가 있을지도 몰라. 뭐 돈은 내야 할지 모르지만."

"그래도 최소한 이틀은 더 걸릴 거 아냐. 그동안 고기가 상하고 말아. 그러면 기껏해야 기름밖에 팔 수 있는 게 없어. 가죽의 질도 떨어질 테니까."

"불평만 늘어놓지 말고 얼른 침대로 돌아가. 뒤처리는 우리들이 할 테니까."

"맞아요, 미카 씨. 이러다 죽으면 용고기는 영영 못 먹는다고요."

"그래, 그래, 알았어. …아, 머리 아파."

비틀거리며 선실로 돌아가는 미카의 뒷모습을 바라보다가 바나벨과 메인은 시선을 교환했다. 미카가 특별하다는 것은 잘 알고 있다. 하지만 그렇게 고열이 나는 상태에서도 이렇게 잘 움직일 수 있다면 얌전히 누워 있는 다른 선원들은 분명 괜찮을 것이다.

용의 광채를 잃어버린 하늘은 어느샌가 어둠에 잠겨 있었다. 희미한 달빛과 별빛만이 앞을 비추는 표식이 되고 있다.

네벨시까지 앞으로 이틀… 아니, 하루 반 남짓. 그전에 용이 또 습격한다면 그때에는 정말 죽을지도 모르겠군. 바나벨은 그런 불길한 생각을 하면서 희미하게 웃었다.

제 2 화

네벨시에서 생활하게 된 후로 라스벳은 새벽에 하늘을 본 적이 없다.

안개에 가려진 마을이라고도 불리는 네벨시는 사방이 나지막한 산들로 둘러싸인 분지로, 마을에는 옅은 안개가 끼어 있는 게 보통이다. 밤부터 아침에 걸쳐서는 더 추워져서 자고 일어나보면 언제나 머리 위를 두꺼운 구름이 뒤덮고 있다. 동이 트는 것을 보기 위해서는 산 정상 부근까지 올라야 하므로 사람의 다리로는 도저히 불가능하다.

그래도 무모하게 도전하는 사람은 남녀노소 가리지 않고 있는 법이라, 종종 며칠분의 물자를 짊어지고 산으로 가는 사람이 있다. 대개는 버티지 못하고 이틀 정도면 도망쳐 오지만 정상에 도달한 용사도 그중에는 있었다. 그들이 자랑한 바에 따르면, 밑에선 음울함의 집합체로밖에 보이지 않는 구름도 위에서 내려다보면 평온한 바다처럼 펼쳐져 있고, 햇빛이 반사되면 이루 형언할 수 없을 만큼 아름답다고 한다. 목숨을 걸고서라도 한 번 볼 만한 가치는 있는 광경이라며 그들은 입을 모아 자신의 무용담을 자랑스러워했다.

—바보 같다.

라스벳은 그렇게 생각했다. 목숨을 걸 만한 가치가 있는 경치 따윈 있을 리 없다. 콧구멍을 벌름거리며 자랑스럽게 이야기했던 그들에게 묻고 싶다. 그럼 당신은 산 정상의 경치를 보고 난 후에 바로 죽는다고 하면 승복할 거냐? 안 할 거 아닌가 하고.

―그런 배배 꼬인 말을 하니까 시집을 못 가는 거야. 용모는 나쁘지 않은데.

쓸데없이 공격적인 라스벳을 보고 언제나 쓰게 웃는 것은 숙모 알마였다. 죽은 오빠의 딸인 라스벳을 열다섯 살 때부터 7년간 친자식처럼 길러주었을 뿐 아니라 혼자 힘으로 어렵게 경영해온 식당까지 물려주려 하고 있다. 은인이라고밖에 할 수 없는 그녀였지만, 시집이니 용모니 하는 사고방식은 낡았고 시대에 뒤떨어졌다고 반박할 수 있을 만큼 그녀와는 허물 없는 사이였다.

―그러고 보니 숙모는 수족냉증으로 고생한다고 했지?

야초차(野草茶)라도 달여줄까 해서 아침 이슬에 젖은 쑥을 딴다. 냉기에 섞인 풋내를 라스벳은 한껏 들이마셨다. 라스벳의 하루는 뒤뜰의 야초원에서 야초를 수확하는 것에서 시작한다. 아침 햇살은 내려쬐지 않지만 아침은 꼬박꼬박 찾아온다. 두꺼운 구름도 시간이 지나면 서서히 걷히고 공기도 살짝 따뜻해진다. 거리에서 발소리가 들려오면 식당을 열 시간이 되었다는 소리이다. 낡은 건물의 1층을 개장한 가게에는 개점과 동시에 기다렸다는 듯 단골손님들이 찾아온다. 다들 이른 아침에 끓인 수프로 배를 채우고 각자의 일터로 향하는 것이다.

목숨을 걸 만한 가치가 있다고 하면 매일 변하지 않는 그 일상일 거라고 라스벳은 생각한다. 집에서 멀리 떠나지 않으면 할 수 없는 모험이나 감동은 필요 없다.

바바바바바바. 머리 위에서 프로펠러 소리가 난 것은 바구니가 절반 정도 찼을 때였다. 작은 비행선이 구름을 가르며 마을 바깥쪽으로 날아가고 있다. 안내인을 태운 비행선이 출동했다는 건 손님이 찾아왔다는 것을 의미했다. 또 포룡선인가 싶어 라스벳은 자신도 모르게 눈살을 찌푸렸다.

네벨시에서 이루어지는 사업의 절반은 비행선 보급지로서의 역할 때문에 가능하다고 해도 과언이 아니다. 그중에는 포룡선도 포함되는데, 용이 반입되면 마을은 더욱 많은 수입을 얻을 수 있다. 하지만 지난 2주일간 찾아온 배는 이것으로 네 척째. 아무리 그래도 좀 많은 것 같다.

"라스, 거기 있니?"

오른발을 절뚝거리며 알마가 뒷문을 열었다. 라스벳은 눈살을 더 찌푸렸다.

"숙모, 아침에는 일어나지 않으셔도 된다고 했잖아요."

"40년간 몸에 밴 습관이라 싫어도 깨는 걸 어떡하니. 너야말로 오늘처럼 추운 날은 너무 일찍부터 무리하지 말거라."

"이 마을에서 그런 걸 따지다간 아침이 없어지고 말아요."

어깨를 으쓱해 보이고 다시 수확에 착수하려던 라스벳에게 "아! 잠깐만"이라고 알마가 허둥지둥 소리쳤다.

"그러고 보니 부르러 온 거였어. 시온이 너한테 할 이야기가 있단다."

"시온이요?"

알마의 친아들 이름이다.

표정이 더 사나워진 라스벳에게 알마는 다독이듯 미소 지었다.

"식당에서 기다리고 있으니까 거기로 가보렴. 네가 좋아하는 튀김빵을 일부러 사 온 모양이더라."

더욱 안 좋은 예감이 들어서 입을 일그러뜨리며 한숨을 내쉬었다.

네 살 많은 시온은 옛날부터 친오빠처럼 라스벳을 귀여워해주었지만 그만큼 허울이 없어서 난폭했다.

오빠가 하는 말을 동생이 듣는 것은 당연하다고 믿는 구석이 있다. 선물을 가지고 왔다면 내가 이만큼 성의를 보였으니 설마 거절하진 않겠지? 라는 무언의 압력이었다. 그럴 거면 튀김빵 정도는 자신이 사 먹는 편이 훨씬 맛있다.

웅크려 앉아 민트를 뜯어서 바구니에 담는다. 이걸 야초차에 넣어 대접해줄 테다. 그것은 민트를 싫어하는 그에 대한 최소한의 반항이었다.

"일손이 부족해."

시온은 단도직입적으로 말했다.

"지난 며칠간 유난히 자주 비행선이 기항하고 있다는 건 너도 잘 알고 있지? 그런데 어느 배든 문제를 안고 있어서 말야."

가볍게 씻은 야초를 끓인 물에 넣어 달인다. 라스벳의 손놀림을 바라보면서 시온은 선물로 가져온 튀김빵을 하나 먹고 있었다. 커피를 마시고 싶다며 투덜대는 것을 무시하고 컵에 차를 따라주자 민트 향기를 맡았는지 약간 뺨이 경직되었다. 당연히 못 본 척하고 그에게서 최대한 멀리 떨어지도록 대각선 앞자리에 앉는다. 상처 입은 듯한 얼굴을 보이는 시온에게 라스벳은 흥 하고 고개를 돌렸다.

"무슨 문제니?"

야초차를 홀짝이면서 알마가 물었다. 시온은 잠시 침묵하다가 도움을 구하듯 모친을 보았지만, 곧 망설임을 떨쳐내듯 라스벳에게로 시선을 되돌렸다.

"어느 배든 80퍼센트 이상의 선원이 쓰러진 거야. 의사는 식중독을 의심하고 있더군."

알마가 흠칫 어깨를 떨었다.

"감염증일 가능성도 무시할 수는 없지만 말야. 접점이 없는 네 척의 배가 전부 식중독에 걸렸다는 말은 들어본 적이 없으니."

"그래서 포룡선이 온 것치곤 마을이 조용한 거구나."

라스벳이 튀김빵을 뜯으면서 고개를 끄덕였다.

배의 크기에 상관없이 포룡선이 오면 마을은 활기가 돈다. 부드러운 침대와 깨끗한 욕실, 따뜻한 식사와 맛있는 술, 그리고 여자를 찾아 남자들이 거리를 활보하기 때문이다. 그런 부류는 한눈에 알아볼 수 있다. 물론 단순한 여행객이 찾아오는 경우도 있지만 지난 1주일간 찾아온 것은 처음 한 척을 제외하면 용잡이들이 탄 배일 거라는 확신이 라스벳에게는 있었다. 왜냐고 묻는다면 대답하기 모호하지만 선원들과 마찬가지로 배 자체도 어딘지 다른 배와 분위기가 다른 것이다.

안개가 짙은 것도 아닌데 정박 후 떠날 기미가 없는 것은 이상하다고도 생각하고 있었다.

"선착장에 전원을 붙잡아두고 있는 거야?"

"응. 감염증일 경우 마을로 퍼지면 큰일이니 말야. 아직까지는 아무도 감염된 낌새가 없지만…."

위험성이 낮다는 것을 알았기에 오늘이 되어서야 비로소 찾아온 것이리라.

시온이 맡고 있는 일은 안내인이다. 안내인은 밤낮을 가리지 않고 전망이 좋지 않은 주변 하늘을 관제탑에서 감시하다가 마을에 접근하는 것이 있으면 일단 종을 쳐서 알린 후 비행선으로 방문자를 안내하는 것이 임무이다. 젊은 시온은 야간 근무를 맡는 일이 많기에 휴가 때 외엔 보통 탑 안에서 생활하고 있다. 그래서 방문자의 대응 전반을 맡는 일도 많다고 들었다.

─흠, 무슨 이야기를 하려는지 알 것 같네.

눈이 마주치자 시온은 어색한 듯 시선을 이리저리 돌렸다. 단순한 부탁이라면 이렇게 수상한 태도를 취하지는 않을 것이다. 설명을 뒷전으로 미룬 채 좀 더 고압적으로 일단 승낙부터 받고 나서 일을 진행시키는 게 보통이었으니까.

하지만 자원해서 할 만큼 라스벳은 친절하지 않았다. 흐응 하고 쌀쌀맞게 코웃음 친다.

"그거 큰일이네. 그럼 얼마간 못 돌아온다는 거지? 갈아입을 옷 정도라면 가져다줄 수 있는데."

"으, 응. 아니, 뭐, 그것도 해주면 고맙지만 처음에 말했다시피 일손이 딸려서 말야."

"그야 그렇겠지. 네 척이나 되니 다 합치면… 얼마나 되려나? 백 명은 훌쩍 넘지 않아?"

"130명 정도 되는데, 그중 환자가 113명이야. 건강한 녀석들은 내버려두어도 되지만 시내에는 들여보낼 수 없어서 말이지."

"어머, 정말 큰일이구나. 최근엔 가뜩이나 의사도 부족한데 말야.

레기온 선생의 병원에 딜크가 돌아왔고… 그 외엔 간호사 세 명이 있던가? 아, 마사 씨네 딸도 작은 약국을 열었다고 했지?"

알마의 말에 시온은 어깨를 으쓱해 보였다.

"의사는 네 명이야. 한 명은 산부인과 전문이지만. 지금 다른 마을에 도움을 요청해놨지만 도착할 때까지 앞으로 이틀은 걸릴 거라 생각해. …그래서 말인데, 라스."

무슨 말인지 알겠지? 라는 시선을 보내왔지만, 라스벳은 의연하게 모르겠는데요? 라는 표정으로 튕겨냈다. 완고한 동생의 모습에 시온은 조용히 길고 긴 한숨을 내쉬었다.

"약도 부족해. …그리고 약만으로는 회복시킬 수도 없고 말야."

"당연하잖아. 회복에 필요한 것은 영양이니까."

"그래서 너한테 부탁하고 싶어."

"백 명분 이상의 식사를?"

"물론 도와줄 사람은 있어. 하지만 증상에 맞춰 회복식을 만들어줄 수 있는 사람은 너밖에 없다고."

"너라고 부르지 말라고 했잖아."

"라스. …부탁할게."

시온은 그렇게 말하고 깊이 고개를 숙였다.

"원인이 분명치 않은 탓에 우리들의 힘만으로는 다 대응할 수 없어. 추가 인원이 도착할 때까지만이라도 좋으니까."

오빠가 이렇게나 필사적으로 무언가를 부탁하는 것은 처음이었다.

알마가 걱정스러운 얼굴로 라스벳을 보았다. 안이하게 도와주라고 말하지는 못하지만 그렇게 말하고 있는 거나 마찬가지인 표정을 짓고 있다.

솔직히 말해 싫었다. 하고 싶지 않았다.

하지만 거절할 상황이 아니라는 것도 알고 있었다. 환자를 돌보는 건 마을의 당연한 의무이다. 여기서 거절하면 시온의 상사가 나설 뿐이다. 시온도 그게 싫으니까 자신이 이렇게 고개를 숙이고 있는 것이다.

"…알았어."

마지못해 승낙한다는 태도로 대답하자 시온은 벌떡 고개를 들었다.

"정말?"

"추가 인원이 올 때까지만이야."

"그래, 알고 있어. 되도록 너… 아니, 라스한테 불편이 없도록 할게."

"그리고 이것은 일이니까 가게를 쉬는 만큼의 보상을 포함해서 보수는 꼭 챙겨줘야 돼."

"물론이지. 위에는 그렇게 보고할게."

"가게라면 내가…."

"안 돼요."

일어서려던 알마에게 라스벳은 딱 잘라 말했다.

"최근 다시 다리가 아프다고 했잖아요. 숙모는 쉬고 계세요."

"하지만…."

"걱정마세요. 숙모의 일을 뺏거나 하진 않을 테니까. 아마 재료 손질 등을 부탁하게 될 거예요."

"…원, 참, 한 마디도 지지 않으려고 하는 아이라니까. 누구를 닮아서 그런 건지."

투덜대면서도 다시 의자에 앉은 알마는 오른쪽 정강이를 어루만졌다. 추위 때문에 오랜 상처가 쑤실 텐데 고집도 참 세시지 하고 생각했지만 반박하면 둘 다 똑같다고 시온이 야유할 게 뻔했기에 침묵하기로 한다. 대신 자리에서 일어나 더욱 차갑게 시온을 내려다보았다.

"식중독이라고 진단한 걸 보면 위경련이라도 일어난 거야?"

"아, 응, 아니, 글쎄, 뭐라더라."

"어느 쪽이야?!"

"위경련인 사람도 있지만… 주된 증상은 고열과 구토 증상이야."

"가래는?"

"아직까지 눈에 띄는 사람은 없어."

"알았어. 그럼 일단은 해열 효과가 있는 수프나 죽을 만들어서 경과를 보자고. 준비할 테니까 도와줘."

"아, 알았어."

평소엔 건방진 주제에 라스벳이 강하게 나오는 순간 쩔쩔매는 건 옛날과 다름없다. 부엌에 있는 선반을 열심히 뒤지기 시작한 라스벳의 옆에서 시온은 지시받은 한방약과 허브 병 등을 가방에 담기 시작했다.

"…미안해, 라스."

"어째서 사과하는 거야? 오빠 잘못이 아니잖아."

이름이 아니라 오빠라고 한 것은 애정 때문이 아니라 동정심 때문이었다. 너무 괴롭히면 이 오빠는 정말로 실의에 빠지고 만다.

"애초에 선택권 따위 없고, 권력에 약한 오빠가 상부의 요청을 거

부할 수 있을 거라고도 생각하지 않으니 말야."

"말이 좀 심하네."

"사실이잖아. …하지만."

라스벳은 작게 숨을 들이마시고 애써 냉정하게 물었다.

"사과한 것을 보면 역시 용잡이들인가 보네?"

시온은 대답하지 않았지만 그것은 긍정한 것이나 다름없었다.

"…용잡이들이 식중독?"

의도치 않게 내뱉는 듯한 말투가 되었기에 라스벳은 입술을 깨물었다. 과거에 집착하고 있다는 걸 스스로 인식하고 싶지 않아서 크게 고개를 젓는다.

그래도 마음속에 달라붙은 혐오감은 떨어지지 않는다.

비위생적인 배에서 조리 같은 걸 하니까 그렇게 되는 거야 하는 불쾌감만이 샘솟았다.

마을을 찾은 지저분한 남자들. 전원이 그렇다고는 할 수 없지만 말투와 태도가 거칠고 난폭한 그들에게 불쾌감을 느낀 것은 한두 번이 아니었다.

…그래서 싫은 거야, 용잡이들 따윈.

굳이 말로 하지 않아도 그 심정이 전해졌는지, 미안해, 하고 시온은 다시 한번 중얼거렸다. 그런 오빠의 목소리를 못 들은 척하며 라스벳은 말린 채소가 보관되어 있는 선반을 열었다.

◆

솟아 있는 구름 뒤에 가려 있는 네벨시를 깜빡 놓쳐버리기라도 할까 싶어 바나벨은 망루에서 내려올 수 없었다. 슬슬 보여야 될 것 같다고 카펠라가 말한 지 벌써 일고여덟 시간, 바람을 계속 맞는 것은 괴로운 일이었지만 좀처럼 열이 내려가지 않는 동료들의 힘들어하는 모습을 떠올리니 절로 몸이 펴졌다.

그래서 구름 틈새로 작게 흔들리는 풍선을 발견했을 때에는 자신도 모르게 환성을 터뜨렸다. 비행선이 길을 잃지 않도록 하기 위한 배려인지 풍선은 유도하듯 직선상으로 점재해 있었다.

—다들 어찌어찌 버텨냈어.

이로써 약과 영양가 있는 먹을 것을 얻을 수 있다고 생각하니 다리에서 힘이 풀렸다. 치료에 얼마나 많은 시간이 소요될지 알 수 없지만 돈은 어떻게든 된다. 살아남기만 한다면.

최대의 위기는 벗어났다는 것을 의심치 않았기에 안내인에게 캠프로 유도되었을 때에는 깜짝 놀랐다. 설마 퀸 자자 호 외에도 병에 걸린 배가 있을 줄이야.

"유행병인지 식중독인지는 의사도 쉽게 판단하지 못하는 모양이야."

선장 대리의 대리로 마을 직원과 이야기를 마친 카펠라가 큰 냄비를 안고 돌아왔다. 배 입구에서 대기하고 있었던 바나벨과 메인은 냄비를 받아 들고 둘이서 부엌으로 가져갔다. 냄비 안에서 출렁출렁 소리가 나며 생강과 야채를 갈아 넣은 듯한 달콤한 냄새가 풍긴다.

"생강과 콜리플라워로 만든 수프인데 생약이 들어 있어서 발열과 구토 증상 완화에 효과가 있대. 다만 원인이 밝혀지지 않은 이상, 조금이라도 뭔가 이상하다 느끼면 곧바로 먹는 것을 중단하고 보고 하랬어."

혼자서 들고 오기가 뻐근했는지 카펠라는 어깨를 빙빙 돌렸다.

바나벨은 불에 데워 열기를 되찾은 수프를 그릇에 담기 시작했다.

"이렇게 극진하게 도움을 주니 고맙네."

상부상조의 정신…. 다음은 자신들 차례일지 모르는 이상 그 정신은 어느 마을에도 뿌리내려 있지만 그렇다고 해도 이렇게 많은 인원에게 건강을 배려한 식사를 배급해줄 줄이야. 아니, 오히려 이렇게 많은 인원이 있어서려나? 바나벨은 생각을 고쳐먹었다. 마을의 평판은 선원들의 입에서 입으로 전해지므로 어떤 의미에서는 마을을 알릴 더없이 좋은 기회일지도 모른다.

카펠라는 냄비에 얼굴을 바짝 붙이고 그 김을 한껏 들이마셨다.

"아아, 좋은 냄새야. 약은 부족한 모양이지만 약선 요리사가 도우러 왔다고 해. 정말 고맙기도 하지. 우리들은 운이 좋았어. 어제까지는 요양식을 수배하는 것도 힘들었대."

"…그렇군."

"약도 곧 도착한다니까 녀석들이 조금만 더 견뎌줬으면 좋겠네."

바나벨이 수프를 담은 그릇들을 쟁반 위에 올려놓자 메인이 선실로 가져갔다. 상황을 정리하기 전에 열 때문에 쇠약해진 동료들에게 영양을 보급하는 것이 우선이었다. 다른 쟁반이 가득 차자 이번엔 카펠라가 가지고 간다. 그리고 마지막 쟁반은 바나벨이 들고 부엌을 나섰다.

미카는 수프 냄새를 맡자마자 침대에서 벌떡 일어났다. 식은땀이 흐르고 있음에도 기운이 넘치는 게 어이가 없었지만, 어느 때든 생기를 잃지 않는 그 모습에 마음이 든든해지는 것도 사실이었다. 지로는 여전히 물을 마시는 것도 힘들어 보였지만 일어나지 못할 정도는 아닌 듯했다. 수발이 따로 필요하지 않을 정도로는 회복된 것에 안도했다.

하지만 마지막으로 방문한 룸메이트 타키타는 몸을 웅크린 채 신음 소리를 내고 있었다.

"타키타, 괜찮아?"

의식은 아직 있는지 대답 대신 우우, 하고 고통스러운 소리를 냈다.

"천천히 숨을 들이마셔봐. …그래. 그러고 나서 조용히 내뱉어."

바나벨의 말에 따라 타키타는 고통으로 얼굴을 일그러뜨리면서도 거친 숨을 고르기 시작했다. 증상 발현이 마지막이었던 만큼 회복도 다른 사람보다 늦어지는 모양이다. 등을 쓰다듬어주고 있자니 서서히 호흡이 부드러워졌다.

"수프, 먹을래?"

"…먹을, 게요."

헐떡이는 목소리로 대답하고 타키타는 느릿느릿 몸을 일으켰다. 다소 내려가긴 했어도 아직 높은 열이 등을 받쳐주고 있는 손에 전해진다. 잠옷도 땀에 젖어서 기분이 별로 안 좋을 거라 생각하지만 갈아입힐 옷이 없다. 잠시 생각하던 바나벨은 잠깐 기다리라 하고 벽에 타키타를 기대게 한 후 부엌으로 향했다. 물을 끓여서 수건을 적셔서는 타키타에게 돌아온다. 잠옷을 들추고 등을 닦아주자 타키타는 미안한 듯 몸을 비틀었다.

"됐으니까 움직이지 마. 땀을 흘린 채로 있으면 더 악화되니까."

"…미안해요. 저까지 이렇게 되어버려서…."

"지금은 회복만을 생각해."

말하자 타키타는 반박할 기운도 없는지 얌전히 그릇을 받아서 입으로 가져갔다.

"맛있어요…."

다행이야. 바나벨은 작게 미소 지었다.

모두 토해버린 탓에 위장이 텅 비어 있는 것도 속이 안 좋은 원인 중의 하나일 것이다. 소량이긴 하지만 한 모금씩 수프를 마시는 사이에 타키타의 얼굴에 약간 홍조가 도는 것 같았다. 그렇게 금방 좋아질 리 없다는 건 알고 있지만 지금은 생약의 효능에 의지할 수밖에 없다. 피부를 어루만지듯 바나벨은 타키타의 땀을 수건으로 닦기 시작했다.

"…여기는, 어딘가요?"

절반도 다 먹기 전에 타키타는 그릇을 든 손을 내려놓았다. 목덜미와 이마를 닦으면서 바나벨은 대답했다.

"네벨시. 그렇게 큰 마을은 아니지만 배의 기항지로선 그럭저럭 유명하다고 해."

"들어본 적도 없네요…."

속이 따뜻해진 탓인지 타키타의 눈꺼풀이 감기기 시작했다. 그릇을 받아 든 후 바나벨은 타키타를 다시 침대에 눕혔다.

"얼마 동안은 이곳에 있는 건가요…?"

"그래, 아쉽게도 숙소는 바꿀 수 없지만 식사는 제공해주는 모양이야."

"다른 사람들은요…?"

"무사해. 아무도 죽거나 하진 않았어."

"그렇구나…. 다행… 이… 다…."

마치 갓난아기 같다고 바나벨은 생각했다. 졸음을 참고 필사적으로 눈을 떠보려고 하지만 버티지 못하고 감고 마는 갓난아기. 팔을 들어 올려 배를 닦아도 전혀 일어날 기색이 없는 타키타의 모습에 바나벨은 이번에야말로 진심으로 안도했다. 이제 됐다. 적어도 생명에 지장이 있을 만한 일은 일어나지 않을 거라 장담할 수 있다.

부엌으로 돌아와보니 카펠라와 메인도 어깨에서 힘이 빠진 듯 의자에 축 늘어져 앉아 있었다. 다른 선원들도 다들 문제는 없었던 모양이다. 자신들이 먹을 그릇에 수프를 담자 그 냄새에 위장이 자극받았는지 처음으로 꼬르륵 소리를 냈다. 차분하게 식탁에 앉아 식사를 하는 것은 세 사람에게도 며칠 만의 일이었다.

"아아… 온몸에 스며드는 것 같아~."

환희에 찬 목소리를 내는 메인의 모습에 카펠라도 크게 고개를 끄덕였다.

"정말 맛있어. 배급 음식이라고는 도저히 생각되지 않는 퀼리티네."

"대금은 청구받지 않았어?"

"나중에 정산하게 될지 모르겠지만 일단은 그런 말 없었어. 리가 일어나기 전에는 얼마나 지불할 수 있는지 모르는 상황이기도 하고."

"뭐 다른 배도 비슷한 상황인 것 같으니 말이지. 이렇게 많은 배가 모여 있는데도 조용한 걸 보면 어디든 다 똑같은 건가?"

바나벨은 일어나서 창 밖의 상황을 살폈다. 항구 도시의 선착장은 대개 육지의 공기에 들떠 있는 남자들로 넘치기 마련이다. 육지에서는 하늘과 달리 큰 목소리를 낼 필요가 없지만 대개는 자신들의 목소리가 크다는 걸 자각하지 못한다. 그 결과 육지의 조용함과는 어울리지 않는 시끌벅적함이 주위를 지배해서 마을 사람들을 압도하게 된다.

하지만 지금 분주하게 움직이고 있는 것은 마을과 선착장 사이를 오가는 사람들, 다시 말해 네벨시 사람들뿐이다. 각각의 배를 움직이고 있는 것은 기껏해야 서너 명이 고작이고, 그나마도 여자들뿐이다. 한산한 선착장만큼 어색한 것도 없었다.

"대체 뭐가 원인이었을까?"

어느 틈엔가 옆에 와 있던 카펠라가 함께 창 밖을 보면서 고개를 갸웃거렸다.

"남자만 걸리는 병 같은 게 있나?"

"타키타는 여자야."

선반에서 꺼낸 육포를 씹으면서 메인이 지적했다.

"그야 그렇지만."

카펠라는 팔짱을 꼈다.

"판단하기 어렵다고는 했지만, 의사는 식중독일 가능성이 높은 것으로 보고 있는 것 같아. 식사를 다 나눠준 후엔 선내를 소독하랬어."

"소독?"

바나벨은 눈을 깜빡였다.

깨끗하다고는 할 수 없지만 퀸 자자 호가 위생 면에서 문제가 있다고도 생각하지 않는다. 요시의 관리하에 부엌은 항상 청결하게 유지하고 있었고, 욕실은 없어도 선원은 자주 몸을 씻었다. …뭐 자주라 해도 개인차가 있기에 단언은 할 수 없지만, 적어도 코를 부여잡아야 할 만큼 지독한 냄새를 풍기는 일은 거의 없었다. 개인 위생은 둘째치고 선내 청소는 당번제로 매일 철저히 하고 있다.

그리고 정말 식중독이라고 하면 누구보다도 위장이 강할 것 같은 미카가 쓰러졌는데 자신들이 무사한 것은 좀 이상한 일이다.

바나벨의 속마음을 읽었는지 자신도 그렇게 생각한다며 카펠라는 신음했다.

"그렇기는 해도 육지 생활에 비하면 부족한 점도 많아. 아, 맞다. 스프레이를 나눠준다고 하니 나중에 받으러 다녀올게."

"아, 그럼 내가 갈게."

바나벨이 제안했다.

"두 사람 모두 지친 것 같으니까 잠시 눈을 붙이도록 해."

"그건 바나벨 씨도 마찬가지잖아요. 계속 조종을 맡았던 카펠라는 둘째치고 저는 기관실에 있기만 했는데…."

"조금 걷고 싶은 기분이라서 그래. 그럼 같이 갈래?"

라고 묻자 카펠라와 메인은 서로 얼굴을 마주 보았다. 표정에는 씻기 힘든 피로가 배어 있다. 타키타와 마찬가지로 속이 따뜻해지자 졸음이 몰려오고 있다는 걸 알 수 있었다.

바나벨도 피곤하지 않은 것은 아니었지만 지금은 묘하게 머릿속이 맑아진 상태였다. 무리를 하고 있지 않다는 게 전해졌는지 두 사람은 잠시 생각하다가 고분고분 고개를 숙였다.

"그럼 부탁해도 될까?"

"죄송해요. 다음은 제가 갈 테니까."

괜찮다며 고개를 젓고 나서 바나벨은 배에 걸린 사다리를 내려갔다.

오랜만에 맛보는 지상의 공기는 구름 위보다 따뜻했다.

선착장 중앙에 취사용 텐트가 설치되어 있었다. 나무 테이블에 도마와 재료가 놓여 있고 네 개 정도 불이 피어올라 있는 가운데, 중앙부에서 커다란 냄비를 휘젓고 있는 여성에게 바나벨의 시선이 멎었다. 검은 머리를 땋아서 하나로 묶은 그녀는 타키타보다는 연상이지만 바나벨보다는 젊어 보였다. 맛을 보고 바구니에 담겨 있는 허브를 더 넣고 있다. 아마 그녀가 카펠라가 말한 약선 요리사일 것이다.

다가가자 어딘지 그녀와 닮은 적갈색 머리 남자가 앞으로 나왔다. 목 부분까지 단추를 잠근 제복에 같은 색깔의 남색 모자. 한눈에 봐도 마을에서 파견된 직원이라는 모습이다.

"소독용 도구를 빌릴 수 있다고 들었는데."

바나벨의 말에 남자는 아! 하고 고개를 끄덕였다.

"지금 추가분을 만들고 있는 중입니다. 앞으로… 얼마나 걸리지? 라스."

"국물 자체는 10분만 있으면 되는데 조금 식히는 편이 좋으니까 30분 정도는 기다려야 돼."

"국물?"

라스라 불린 여성에게 묻자 바나벨을 쳐다보지도 않고 가볍게 턱을 오른쪽으로 까닥했다.

"저 냄비에서 민트를 끓이고 있어요. 항균 작용이 있죠. 식힌 후에 레몬즙을 넣으면 완성이에요. 효과는 별로지만 아무것도 안 하는 것보다는 낫겠죠."

라스의 옆에서도 제복을 입은 남자가 익숙지 않은 손놀림으로 냄비를 다루고 있었다. 부글부글 끓고 있는 물속에서 민트 잎이 춤추고 있다. 헤에 하고 바나벨은 감탄했다. 이거라면 배에도 쉽게 갖춰둘 수 있을 것 같다.

"수프는 네가 만든 거야?"

"그런데요?"

"맛있었어. 고마워. 덕분에 동료들도 상태가 꽤 좋아진 것 같아."

"다행이네요."

표정 하나 바꾸지 않고, 시선조차 마주치려고 하지 않는 라스의 태도에 바나벨은 의아하다는 얼굴로 적갈색 남자를 쳐다보았다. 남자는 어색하다는 듯 머리를 긁적였다.

"저기, 이름이."

"바나벨이야. 소속은 퀸 자자 호."

"바나벨 씨, 저는 시온이고, 관제탑 감시원이자 안내인입니다. 괜찮으시면 완성되는 대로 추가분의 식사와 함께 가져다드리겠습니다만."

"방해가 안 된다면 여기서 기다리고 싶은데."

라스, 아니, 그녀를 중심으로 만들어지고 있는 요리에 흥미가 있었다.

시온은 고개를 끄덕였다.

"물론 상관없습니다. …이 애는 라스벳이라고 해요. 마을에서 식당을 운영하고 있는데 젊지만 실력은 뛰어나죠."

"쓸데없는 소리 하지 마. 그리고 마음에도 없는 말도 하지 말고."

"마음에도 없다는 게 무슨 소리야. 네 실력이 좋은 건 사실이잖아."

"너라고 부르지 말랬잖아. 허브든 한방약이든 냄새가 좀 심하다 싶으면 싫다고 뱉는 주제에."

"뱉다니! 다른 사람이 들으면 오해할 소리 마!"

"하지만 오늘 아침에도 민트가 들어간 차를 마시지 않았잖아."

다시 시작되었다는 듯 나무통에 앉아 있는 백발 노인이 웃었다. 시온과 같은 제복을 입고 있지만 옷깃에 별 배지를 두 개 달고 있는 걸 보니 아무것도 없는 시온보다 계급은 위일 것이다. 바나벨과 시선이 마주치자 장난스러운 눈짓을 보낸다.

"이 두 사람은 항상 이렇다네. 사이좋은 남매 아닌가."

"그렇군요." 바나벨은 미소 지었다. 타키타와 지로가 서로 옥신각신하는 것을 보는 듯해서 왠지 마음이 따뜻해졌다. 타키타가 들어올 때까지 가장 막내였던 지로는 타키타 앞에서 종종 어른스러운 표정을 짓곤 했는데, 불현듯 보이는 동료들의 그런 모습이 자신은 정말 맘에 들었다.

노인은 바나벨에게 동정하는 듯한 시선을 던졌다.

"당신들도 힘들었겠군. 하늘에서 식중독이라니."

"…아직 식중독으로 결정난 건 아니에요."

요시의 명예를 위해서라도 확정될 때까지는 인정하고 싶지 않았다. 하지만 라스벳은 무뚝뚝한 얼굴로 흥 하고 코웃음 쳤다.

"거의 결정난 거나 마찬가지잖아요. 증상이 똑같은데."

"하지만 나는 아무렇지도 않은데?"

"그야 개인차가 있으니까요. 당신들은 배 위에서 용과 싸우기도 하잖아요. 뿌려진 피와 타액은 사람 손으로 처리하는 데는 한계가 있고, 변덕스러운 날씨에 식재료도 상하기 쉽죠. 아무리 생각해도 비위생적이에요. 야만스러운 용잡이들이 그런 걸 다 관리할 수 있을 리 없다고요."

"라스, 무례하잖아!"

"그게 사실인걸."

휘젓고 있던 손길을 멈추고 라스벳은 냄비에서 고깃덩어리를 하나 꺼냈다. 삶겨서 붉은 기운이 빠진 그것은 크기로 보아 닭이나 돼지일 리 없었다. 용고기다.

"용잡이는 싫어하면서 용고기는 쓰네."

비꼬는 게 아니라 단순한 감상이었지만 라스벳은 그렇게 받아들이지 않은 모양이다. 눈꼬리를 치키고서 처음으로 바나벨을 정면으로 노려보았다. 눈동자가 새벽하늘 같은 옅은 파란색이라는 것을 그제야 알았다.

"어쩔 수 없잖아요. 당신들이 가져온 고기로 이 마을이 돌아가고 있으니. 그리고 용고기는 단백질이 풍부해서 몸에도 좋다고요."

"좋은 일이잖아. 그러니까 라스, 너무 시비를 거는 듯한 태도는 …."

"누가 시비를 걸었다는 거야! 나는 사실을 말했을 뿐이라고!"

꽤나 기분이 안 좋은 듯하군. 그렇게 생각하며 바나벨은 눈을 깜빡거렸다.

부정하지 않는 것을 보면 용잡이를 싫어하는 것은 분명했기에 이렇게 많은 식사를 만들어야 하는 상황에 화가 나는 것도 당연할 것이다.

죄송합니다. 죄송합니다. 시온이 연신 고개를 숙였지만 바나벨은 딱히 기분이 상하거나 하지는 않았다. 오히려 타키타의 솔직함과는 조금 다르게 솔직한 라스벳의 성격에 호감과도 같은 감정을 품기 시작했다.

물끄러미 라스벳을 관찰한다.

삶은 고기를 식칼로 잘게 써는 그 손놀림은 요시보다 능숙했다. 솜씨가 좋다는 말은 사실인 것 같다.

"뭘 만들고 있는 거지?"

라고 묻자, 라스벳은 손을 멈추고 의아하다는 눈으로 바나벨을 쳐다보았다. 무례한 태도에도 화를 내지 않고 담담한 태도로 일관하는 모습에 조금 당황한 듯하다. 얼마간 침묵하다가 마지못해 입을 열었다.

"…보리와 용 가슴살로 만든 수프. 위장이 좀 회복된 사람에게 먹일 거예요."

"거기에도 한방약과 허브가 들어가는 거야?"

"구기자와 대추 같은 것들요. 싸지 않으니까 나중에 대금은 꼭 청구할 거예요."

"라스!"

"그게 당연하겠지. 경리를 맡고 있는 선원이 회복되면 지불하기로 할게."

라스벳은 다시 크게 코웃음을 쳤다. 그리고 다시 바나벨에게서 시선을 떼고 작업으로 돌아갔다.

정말 죄송합니다. 시온이 다시 고개를 숙였다.

"솜씨는 좋지만 정신적으로 미숙한 구석이 있어서 말이죠."

라스벳은 그의 말을 무시하기로 했는지 항의하는 대신 고기를 써는 식칼의 속도를 높였다.

바나벨은 고개를 저었다.

"신경 쓰지 마. 용잡이들은 미움을 받는 법이니까."

"…이 마을에는 온갖 종류의 배가 와서 말이죠."

시온은 한숨을 쉬었다.

"그중에는 무법자들도 있습니다. 식당을 술집 같은 것으로 착각해서 말썽을 일으키는 녀석들도 적지 않죠. 그리고."

시온은 문득 하늘을 올려다보았다. 해가 떠서 꽤 옅어지긴 했지만 그래도 하늘의 80퍼센트 정도를 뒤덮고 있는 구름을.

"저 틈새를 뚫고 종종 용이 나타납니다."

"용이?"

"예. 어디 가까운 곳에 둥지가 있는지, 아니면 시야가 안 좋은 탓에 접근할 때까지 우리들을 눈치채지 못하는 것인지, 아무튼 이 마을은 용의 습격을 자주 당합니다. 기항지로서의 역할을 맡고 있는 것은 방어를 위해서이기도 하죠."

용이 습격했을 때 용잡이들이 마을에 체류하고 있을 확률을 조금이라도 높이기 위해서.

그렇군. 바나벨은 고개를 끄덕였다.

"다만… 마을의 피해 따윈 아랑곳하지 않고 용만 해치우면 된다고 생각하는 사람들도 있습니다. 그런 사람들은 용이 마을에 나타나면 우리들에 대한 배려를 잊어버린다고 할까."

푸념이 섞인 탓에 긴장이 좀 풀렸는지 시온의 말투가 조금 가벼워졌다.

"그런 배들만 있는 게 아니라는 건 잘 알고, 도움을 받는 이상 불평할 입장이 아니라는 것도 잘 압니다. 하지만 라스 녀석은 용잡이들에게서 좋지 않은 인상을 받을 기회가 다른 사람보다 좀 많아서요."

"…그렇군."

알 것 같은 느낌이 들었다.

라스벳이 특별히 미인인 것은 아니다. 하지만 강한 의지가 깃든 그 얼굴과 요리를 하고 있는 모습을 보고 있으면 동성인 바나벨조차 눈길이 사로잡히고 만다. 완고한 성격을 나타내는 꽉 다문 입매를 누그러뜨려보고 싶어서 그녀에게 말을 거는 남자는 적지 않을 것이다. 게다가 그런 남자는 대부분 가벼운 말투로 꼬시는 게 좋다며 착각하고 있을 경우가 많다.

미안한 생각도 들지만 바나벨이 사과할 일은 아니었다. 바나벨이 할 수 있는 것은 자신들이, 적어도 퀸 자자 호의 선원들이 예의를 갖추고 있음을 태도로 보이는 것이었다. 다른 용잡이들과 마찬가지로 목소리와 움직임이 큰 그들은 처음엔 라스벳을 경계하게 만들지도 모르겠지만.

"죄송합니다. 이상한 이야기를 해서."

말이 너무 많았다고 생각했는지 시온은 어색하게 고개를 숙였다.

"슬슬 민트물이 완성될 것 같군요. 낡은 천이라 죄송합니다만 갈아 끼울 시트도 준비해놨으니 괜찮으시면 가져가시길. 빨래는 각자 해주셨으면 합니다만 불을 피우는 데 필요한 장작과 드럼캔 등은 제공하겠습니다."

"고마워, 일일이 다 챙겨줘서."

"비상시에는 당연한 일입니다."

그렇게 말하며 시온은 가슴을 폈다.

아무래도 이곳은 좋은 마을인 것 같다고 바나벨은 생각했다. 안내인은 가장 먼저 손님을 맞이하는 마을의 얼굴이다. 그의 성의를 신뢰할 수 있을 것 같다는 게 바나벨로서는 기뻤다.

"새로운 수프도 완성되면 가져다드리죠. …저도 감기에 걸렸을 때 만들어달라고 하는데 꽤 맛있어요."

라스벳에게 들리지 않도록 속삭이는 그의 얼굴은 마을의 관리가 아니라 오빠로서의 자신감에 넘치고 있었다. 기대할게, 하고 대답하는 바나벨의 얼굴도 자연스럽게 누그러졌다. 풍기는 냄새를 맡고 있다 보니 온몸의 긴장이 풀려 비로소 졸음이 엄습했다. 냄새에도 한방 성분이 포함되어 있는 걸까.

"라스벳, 고마워."

조리를 계속하는 그 뒷모습에 말을 걸었지만 그 파란 눈동자가 다시 바나벨을 향하는 일은 없었다.

◆

꼼꼼하게 거품을 걷어내 맑아진 수프 안에서 보리가 춤추는 것을 바라보며 라스벳은 바나벨의 멀어지는 발소리에 귀를 기울이고 있었다. 여성 용잡이를 보는 것은 처음이 아니지만 그녀처럼 기품을 가지고 있지는 않았다. 마른 것은 아니지만 특별히 체격이 좋은 것도 아닌 그녀는 그 가는 팔로 어떻게 무기를 들고 있을까. 부드러워 보이는 긴 금발은 묶는다고 해도 강한 바람이 부는 상공에서는 방해가 될 것 같은데….

라스벳은 아랫입술을 깨물었다. 지금 무슨 생각을 하고 있는 거지? 나하고는 상관없는 일이잖아.

시선을 냄비로 되돌린다. 요리는 자신의 자식이나 마찬가지이다. 잠시라도 눈을 떼면 생각지도 못한 결과가 초래되고, 아무리 정성을 들여도 기대만큼의 결과가 나오지 않는 적도 있다. 여느 때와 같은 수순으로, 같은 재료를 써서 만든다고 해도 변덕스럽게 반항해서 샛길로 빠지는 경우조차 있다. 그래도 애정을 쏟는 것은 멈출 수 없었다. 자업자득인 용잡이들을 위해 동원된 것에는 아직 납득이 되지 않지만, 상대가 누가 됐건 소중한 자식들이 사람들 몸을 치유하는 데 도움이 된다면 나쁜 생각은 들지 않았다.

―알았지? 라스. 일단 애정을 쏟아야 하는 것은 사용하는 식재료에 대해서야. 어떻게 하면 이 녀석들의 장점을 최대한으로 이끌어낼 수 있을지, 생명을 다루고 있는 이상 그것을 제일로 생각해야 돼.

그렇게 말했던 아버지의, 관절이 보이지 않을 만큼 통통한 손가락을 떠올린다. 통통한 것은 손끝만이 아니었다. 애정이 너무 깊은 탓에 언제나 입에 무언가를 머금고 있던 아버지는 배도 볼록하게 나와 있었고 목과 턱의 경계도 없었다. 그리고 콧구멍 또한 다른 사람보다 위를 향해 있었다. 청결함이 없다면 요리사가 아니라는 것을 신조로 삼고 있었기에, 머리카락은 언제나 짧게 깎고 연신 땀을 훔치며 애정 있는 미소를 언제나 입가에 띠고 있던 아버지는 누구에게서나 사랑받는 사람이었지만, 10대 무렵부터 구혼자가 끊이지 않았다는 어머니가 다른 사람들을 다 차버리고 선택할 정도의 풍모는 아니었다. 음식의 매력에 끌리는 건 남자나 여자나 똑같다며 부모님을 아는 사람들은 모두 웃었다. 어머니는 라스벳이 철이 들기 전에 돌아가셨기에 실제로 어땠는지는 알 방법이 없지만, 모두의 말대로일 거라고 납득할 만큼 아버지의 실력은 좋았다.

섬세함과는 동떨어진 그 통통한 손으로 어떻게 하면 그렇게 빠르고 얇게 잎 채소를 썰 수 있는지, 어떻게 오래된 쌀이 아버지의 손을 거치면 계절의 풍미가 느껴지는 맛있는 밥이 되는 것인지, 라스벳에게는 그 점이 항상 신기했다. 아버지의 손끝에서는 무언가 마법의 가루가 뿌려지고 있는 거라고 어렸을 때에는 진심으로 믿고 있었다.

맛있어. 라스벳이 말하면 아버지는 살에 묻혀버린 가는 눈을 더욱 가늘게 떴다. 라스벳을 기쁘게 하는 게 어머니를 여읜 아버지에게 삶의 보람이었다.

—식재료와 마찬가지로 애정을 쏟을 만한 사람을 한 명이라도 좋으니까 찾아내거라. 그러면 요리는 좀 더, 좀 더 맛있어지니까.

라스벳에게는 아버지가 그 대상이 될 예정이었다. 하지만 아버지는 이제 없다. 알마와 시온도 소중한 가족이고, 가게를 찾아오는 손님들을 기쁘게 하고 싶다는 마음에도 거짓은 없지만, 그 누구도 아버지가 말했던 특별한 한 사람은 아니라는 생각이 든다.

아마 자신은 인간을 싫어하는 것일 거다. 라스벳은 생각했다.

아버지를 여읜 그날부터 용잡이뿐 아니라 아버지 이외의 사람은 좋아하지 않게 되어버렸다.

—용잡이는 싫어하면서 용고기는 쓰네.

불현듯 바나벨의 말이 떠올랐다.

용고기 요리는 아버지가 특히 자신 있는 분야였다. 굽든 찌든 훈연하든 어떻게 만들어도 맛있고 영양가도 있다고 말했던 그였기에, 먹는 것도 가장 좋아했을 것이다. 용잡이들이 없다면 이렇게 맛있는 것을 먹을 수 없으니 감사해야 한다는 게 그의 입버릇이었다.

지금의 라스벳을 본다면 아버지는 뭐라고 할까. 난폭하게 수프를 휘젓고 싶다는 충동에 사로잡혔지만 한층 더 꼼꼼하게 거품을 걷어낸다. 다 걷어내서 수프가 완전히 맑아진 것을 보고 작은 접시에 담아 입에 가져간다.

용잡이들을 위해 만든 용고기 수프는 흠잡을 데 없이 맛있었다.

제 3 화

"그건 내가 레기나 님이기 때문이야."

자신만만하게 선언하는 그녀를 보고 또 이상한 사람이 늘어났다고 바나벨은 생각했다.

◆

용을 처리해야 한다는 걸 바나벨이 떠올린 것은 천과 민트물을 가지고 퀸 자자 호로 돌아왔을 때 갑판에서 꼬리가 삐져나와 있는 걸 보았을 때였다. 처음 용을 보았을 때 무지갯빛으로 빛나 보였던 것은 여명을 반사하고 있었기 때문일 것이다. 완전히 생기를 잃은 비늘은 지금은 햇볕에 의해 은색으로 변한 상태였다. 지상에 도착하자마자 처리해야 했는데 지금까지 머릿속에서 까맣게 잊힌 상태였던 것을 보면 스스로 인식하는 것 이상으로 평정을 잃고 있었던 모양이다. 바나벨은 작게 한숨을 쉬었다.

깁스가 쓰러지기 직전에 잡은 용은 이미 손질을 마친 상태였다. 근처에 팔 수 있는 마을이 없었기에 소금에 절이거나 말리는 등 고기의 보존 처리를 해둔 게 다행이었다. 작은 용이었지만 나무통이 수북하게 쌓일 만큼의 기름은 짜낼 수 있었기에 팔면 어느 정도의 돈은 마련할 수 있을 것이다. 다만 식중독이라는 진단이 옳은지는 둘째치고, 대량으로 환자가 생긴 배의 물건을 식재료나 약의 원료로 팔 수는 없다. 그리고 지금은 네벨시 사람들이 환자들의 치료에 내몰려 다른 것에는 신경을 쓰지 못하고 있지만, 추가 인원이 도착하면 원인 규명을 위해서라도 제출을 요구할 것이다.

갑판에 있는 용도 팔 수 없을지 모른다는 점에서는 마찬가지였다. 하지만 그렇다고 그대로 썩게 놔두는 것은 용잡이로서의 긍지가 용납하지 않았다. 그리고 행여나 문제가 없다는 판정을 받을 수 있다는 한 줄기 희망도 없는 것은 아니다. 그리고….

바나벨은 쓰게 미소 지었다. 그 남자라면 분명 망설이지 않을 것이다. 무슨 당연한 것을 고민하고 있느냐며 의아하다는 얼굴로 손질을 할 것이다. 역시 그렇지? 라며 싱글벙글한 얼굴로 그 뒤를 따르는 타키타의 모습과, 어쩔 수 없군 하며 한숨을 내쉬는 지로의 옆모습도 쉽게 상상이 되었다.

─할 수밖에 없군.

민트물로 배를 다 닦고 나면 조금 쉴까도 생각했지만 좀 더 분발할 필요가 있는 것 같다.

부엌에 메인과 카펠라의 모습은 없었다.

바구니를 바닥에 내려놓고 우웅 하고 기지개를 켠다. 그대로 팔꿈치를 밑으로 내리자 근육이 뭉쳐져 있던 견갑골에서 우두둑 하는 소리가 났다. 다음에 큰 마을에 내리면 분발해서 마사지라도 받자고 카펠라가 말한 것은 1주일 전쯤의 일이다. 아무래도 그 바람은 이루어질 것 같지 않군. 목을 돌리고 자력으로 몸의 근육을 풀면서 바나벨은 생각했다. 깊게 숨을 들이마신 후 기합을 넣기 위한 소리를 내뱉고 피로가 엄습하기 전에 물에 적신 천을 집어 들었다.

식수, 식탁, 식기 선반 등, 특별히 소독이 필요하다고 여겨지는 장소에 스프레이를 뿌린다.

"…냄새가 좋네."

무심코 목소리가 흘러나왔다. 코가 뻥 뚫릴 것 같은 청량감 있는 민트뿐만 아니라 레몬 향기도 희미하게 섞여 있기 때문일 것이다. 멍해져 있던 머릿속이 약간 선명해진다. 칙 칙 칙, 유난히 잘 울려 퍼지는 스프레이 소리도 듣기에 좋았다.

—조용하네.

엔진을 비롯해 바나벨을 제외한 모든 것이 잠들어 있는 지금의 퀸 자자 호는 마치 시간이 멈춰버린 것 같다.

하지만 무슨 까닭인지 홀로 망루에 서 있었을 때와 같은 외로움은 느껴지지 않았다. 따뜻한 식사를 든 선원들이 지금 각자의 침대에서 자고 있을 거라 생각하니 오히려 어딘지 든든한 기분이 든다. 타키타처럼 아직 회복이 먼 동료도 있다는 걸 알고는 있지만 무사히 지상에 내려온 것만으로도 이렇게나 마음이 바뀔 수 있다는 것에 바나벨은 놀랐다. 하늘에서 살기로 결심한 그 선택에 후회는 없지만, 땅을 밟고 서 있다는 안도감은 언제가 되어도 사라지지 않을 것 같다.

일사불란하게 닦은 보람이 있었는지 어느샌가 방은 여태까지 본 적이 없을 만큼의 윤기를 내뿜고 있었다. 남자들이 회복하면 어차피 금방 더럽혀지겠지만 요시와 의논해서 앞으로는 정기적으로 닦는 게 좋을지도 모르겠다. 민트물이 있으면 선내의 땀 냄새도 조금은 완화될 것 같고 말이지. 아아, 하지만…. 바나벨은 상상하다가 다시 쓴웃음을 머금었다. 남자들이 민트물을 서로의 몸에 직접 뿌리다가 청소 시간이 어느샌가 장난 타임으로 변하는 장면이 눈에 선했다.

—자, 다음은 드디어 용을 처리할 차례… 인가?

혼자서 손질하는 것은 버거운 일이지만 어쩔 수 없다. 각오를 하고 갑판으로 나가서 보니 아까보다 강한 냉기를 머금은 바람이 불었다. 하늘에 짙은 안개가 끼어 있어서 태양의 정확한 위치는 알 수 없지만 산 너머로 지기 시작한 것 같다는 느낌이 든다.

가능하면 밝을 때 손질을 끝마치고 싶은데. 그렇게 생각하며 미간을 좁히고 있자니 문득 취사장 방향에서 냄비를 들고 이쪽으로 오는 남자의 모습이 시야 한구석에 들어왔다. 저 적갈색 머리는 시온이다. 용잡이들에 비해 가냘픈 팔은 배 한 척분의 식사를 모두 운반하기에는 힘이 부족했는지 다리가 후들거리고 있다. 그래도 사명감을 미간에 새긴 채 후우후우, 거친 숨을 내쉬면서 다가오는 그의 모습에 바나벨은 무심코 웃음을 터뜨렸다.

"미안해. 지금 내려갈게."

소리치자 시온은 앗 하는 표정으로 고개를 들었다. 아뇨, 괜찮으니까 쉬고 계세요 하고 대답했지만, 자신들의 식사를 낑낑대며 가져오고 있는 걸 그저 보고만 있을 수는 없다. 그리고 묻고 싶은 것도 있었고.

계단을 내려가자 마침 시온이 도착한 참이었다.

"죄송합니다. 조금 늦었죠? 이거 아까 라스가 만들고 있던 수프예요. 양은 조금 적지만 빵도 있으니까 속이 괜찮은 분은 드시길."

그렇게 말하고 냄비와 짊어지고 있던 배낭을 내려놓는다.

"고마워. 온 김에 하나만 더 부탁해도 될까?"

"뭐 도와드릴 거라도 있나요?"

"다른 배의 상황을 알려줬으면 해. 일손이 남아도는… 일은 없을 거라 생각하지만 한가한 용잡이는 없을까 해서."

"용잡이 한정인가요?"

시온은 눈을 깜빡였다.

"응. 용을 손질하고 싶거든. 일반인도 있으면 도움이 되겠지만 역시 경험자가 아니면 힘든 일이라."

바나벨이 갑판을 가리키자 시온은 그 손가락을 시선으로 따라가다가 은색 꼬리를 발견하고 눈을 더 휘둥글게 떴다.

"흠. …그렇군요. 저는 애초에 힘을 쓰는 일에 적합하지 않아서."

그렇겠지 하고 대답하는 건 실례가 될 것 같아서 관두었다.

시온은 잠시 생각에 잠겨 있다가 정박해 있는 비행선 세 척 중 가장 큰 배를 가리켰다.

"포르투이호라면 혹시 있을지도 모르겠군요."

"포르투이호?"

"예. 한 척은 상인선이라 돕기 어려울 테고 다른 한 척은 거의 전원이 병으로 쓰러진 상태거든요. 하지만 포르투이호는 포롱선이고 움직일 수 있는 사람이 아직 네다섯 명은 있습니다. 선원이 많고 선내에 간이 욕실도 있다 보니 감염이 잘 확산되지 않았던 것 같군요."

그렇군. 바나벨은 고개를 끄덕였다.

포롱선도 가지각색이다. 퀸 자자 호는 생계를 위해 포롱을 선택한 개인들이 모인 작은 배지만, 그중에는 회사에 고용된 용잡이들을 태운 배도 있었다. 어딘가의 부호가 사업의 일환으로 출자하거나 제약 회사가 재료를 조달하기 위해서 운용하는 등, 사정은 제각각이지만 대체로 퀸 자자 호에 비해 자금이 풍부했다. 퀸 자자의 선원들 같은 하루살이들과는 생활 수준이 다른 것이다.

"과연 도와주려나?"

"물어보고 올게요. 그쪽도 남아 있는 것은 대부분 여성들이라 뭐라 단정하기는 어렵지만 느낌은 좋은 분들이었으니 어쩌면 도와줄지 모르겠습니다."

바나벨은 고개를 끄덕였다.

직접 교섭하는 것보다도 여기선 시온에게 맡기는 편이 좋을 것이다.

"먼저 갑판에서 준비를 하고 있을 테니까 승낙을 받으면 데려와 줄래?"

"멋대로 배에 올라도 되나요?"

"물론 상관없어. 미안해, 심부름꾼 같은 일을 시켜서."

"이게 제 일이거든요."

꾸밈없이 웃는 얼굴로 달려 나가는 그 뒷모습을 바라보다가, 성급히 작은 마을에 내리지 않고 네벨시까지 온 카펠라의 혜안에 다시 한번 감탄하며, 바나벨은 그녀가 잠든 선실을 올려다보았다.

가죽을 자를 칼과 장갑, 손질한 고기와 내장을 넣을 용기를 갑판으로 다 옮겼을 즈음 다가오는 여럿의 발소리가 들렸다. 바나벨과 나이 차이가 별로 나지 않는 여성을 데리고 시온이 나타났다. 손질 전의 용을 보는 것은 처음인지 거대한 몸통을 보고서 입을 쩍 벌린 시온을 지나쳐서, 여성은 바나벨에게 손을 내밀었다.

"레기나야."

장미 꽃망울처럼 붉은 입술에서 흘러나온 목소리는 상상했던 것보다 쾌활했다. 키도 비슷한 수준이라 오랜만에 시선을 올리거나 내리지 않아도 되는 여성을 만났다고 생각하며 내밀어진 손을 잡았다. 레기나는 흐음 하고 흥미롭게 머리끝에서 발끝까지 거리낌 없이 바나벨을 살펴보았다.

"보기보다 근육이 튼실하네. 용잡이가 된 지는 오래됐어?"

"그럭저럭."

작업복이 팔다리를 다 덮고 있는데 용케 알았군. 감탄하면서 바나벨도 레기나의 전신을 훑어보았다. 솔잎색 작업복을 입고 있긴 하지만 용과 전투를 할 수 있을 것으로는 보이지 않는 가냘픈 체격이었다.

의문을 꿰뚫어 본 듯 레기나는 말했다.

"의사야. 내과 지식도 없지는 않지만 전문은 외과라서 지금은 한가하지. 한가하면 갔다오라고 하길래 온 거야."

바나벨의 손을 놓은 후 레기나는 솜사탕처럼 하늘하늘 흔들거리는 머리카락을 하나로 묶었다.

"그렇다고 실망은 하지 마. 이래 봬도 포룡선의 일원이라 손질 경험은 적지 않아. 오히려 해부하는 것 같아서 즐거우니까 말려도 참가했을 거라고."

"믿음직하네."

"그럼 바로 시작하기로 할까? 해가 저물기 전에는 끝내고 싶거든. 들었어? 우리들처럼 건강에 문제가 없는 사람은 목욕탕을 이용할 수 있대. 다리를 쭉 뻗을 수 있다고 하니 배의 욕실보다 훨씬 쾌적하겠지. 하지만 이용 시간에 제한이 있어서 빨리 가야 돼. 너도 가고 싶지? …저기, 이름은?"

"바나벨."

이름을 밝힐 타이밍을 놓치고 말았다. 소개할 틈도 없이 수다를 계속 떠는 레기나의 모습에 시온도 압도되었다.

레기나는 바나벨의 얼굴을 정면으로 응시하면서 입꼬리를 씨익 올렸다.

"바나벨이니까 바니라 부를게. 그나저나 과묵하구나."

곧잘 듣는 소리야 하며 바나벨은 희미하게 웃었다. 시끄럽지만 위압감은 없는 그 목소리는 바나벨에게 불쾌하지 않았다.

레기나는 아, 맞다! 라며 떠올랐다는 듯 시온의 뒤에 숨어 있는 사람을 돌아보았다.

"비슷한 수준으로 과묵한 너는 손질이 가능해?"

입을 꽉 다문 채 어색한 표정을 짓고 있는 것은 라스벳이었다. 시온은 그제야 자신의 역할을 떠올렸다는 듯 라스벳의 어깨에 손을 올렸다.

"저기, 죄송한데, 바나벨 씨, 이 녀석한테 견학을 좀 시켜줘도 될까요?"

"그건 상관없지만… 흥미가 있는 거야?"

"…없으면 안 왔어요."

"너 말야, 그러니까 어째서 그렇게 시비조인 거냐고."

"아하하! 그야 그렇겠지. 뻔한 것을 묻는 쪽이 잘못이야."

시온의 조바심을 레기나의 큰 목소리가 날려버렸다.

"그건 그러네. 내가 잘못했어."

그렇게 말하고 바나벨은 장갑을 하나 집어 들었다.

"기왕이면 함께 해볼래? 싱싱한 고기와 내장을 만져보는 것은 요리사로서 그리 나쁜 경험이 아닐 거라 생각하는데."

발끈했는지 라스벳은 눈살을 찌푸렸다.

"용잡이가 싫은 것일 뿐 용은 싫지도, 무섭지도 않아요."

그렇게 말하고 빠른 걸음으로 앞으로 나와 바나벨에게서 장갑을 받아들었다. 생각했던 대로 지기 싫어하는 성격인 것 같다. 내심 재미있다 생각했지만 표정에는 드러내지 않고 바나벨은 그저 "그래?"라고 간결하게 대답했다.

"나도 이 도구들을 써도 돼? 방식은 조금 다를지 모르지만 이번엔 상관없겠지?"

"그래. 아무튼 손질이 최우선이니까."

"알았어. 그럼 거기 너."

"라스벳이에요."

"그래, 라스. 영양가 많은 식사를 만들어준 답례로 모르는 게 있으면 뭐든 가르쳐줄게. 대신 모르는 것에는 손을 대지 마. 하지만 뭐, 최대한 잘 보고 따라 해보라고."

"…당신 배도 아닌데 어째서 그렇게 나대는 거죠?"

분위기를 완전히 장악해버린 레기나에게 라스벳이 불만스러운 듯 말했다. 레기나는 다시 아하하 하고 크게 웃었다.

"그건 말이지, 내가 레기나 님이기 때문이야."

영문을 알 수 없는 대답에 어안이 벙벙해진 라스벳을 방치한 채, 레기나는 용의 피부에 들고 있던 칼을 꽂았다. 부드럽게, 마치 생선의 포를 뜨듯 가죽을 곡선으로 절개하는 그 솜씨는 외과 의사로서

의 솜씨를 확실히 느끼게 하는 것이었다.

　한층 더 차가워진 공기가 뺨을 스쳤지만 중노동으로 이마에 땀이 맺힌 지금으로선 오히려 고마웠다. 하지만 조금씩 어두워지는 것은 곤란한 일이었다. 태양은 아직 하루 일과를 끝마치지 않았지만 시간이 지남에 따라 짙어지는 안개가 한발 앞서 이 마을에 밤을 부르고 있는 듯하다. 바나벨은 움직임을 재촉했다. 램프는 준비해두었지만 가능하다면 램프가 필요해지기 전에 끝내고 싶다. 똑같은 생각인지 레기나도 수다스러운 입을 다물고서 묵묵히 작업에 전념하고 있었다.

　─저런 식으로 사람의 배도 절개하는 거려나?

　해부하는 것 같아서 즐겁다는 말은 거짓이 아닐 것이다. 뒤집어 놓은 두꺼운 피부 밑의 살을 절개하고 내장이 다치지 않도록 신중하게 꺼내는 그녀의 눈은 반짝반짝 빛나고 있었다. 통상적으로 손질 작업을 할 때에는 다들 얼굴이 피로 더러워지는데 레기나의 경우, 움직임에 군더더기가 없어서인지 도자기같이 투명한 피부에 있는 붉은색은 예쁘게 생긴 입술뿐이었다.

　"꼬리지느러미 끝까지 뼈가 꽉 차 있네. 일격이 상당히 강력하지 않았어?"

　레기나가 입을 연 것은 피부와 살을 다 들어내서 골격의 전모가 보이기 시작한 무렵이었다.

　"모양도 좋고 밀도도 높은 뼈야. 이 용은 분명 온몸을 완전히 움직여서 날고 있었겠지. 움직이는 모습이 정말 아름답지 않았으려나?"

퀸 자자 호에선 아무도 생각해보지 않았던 점에 놀라면서도 바나벨은 그 움직임을 떠올려보았다. 무지갯빛으로 빛나면서 엄청난 기세와 중량으로 꼬리를 휘둘렀던 것밖에 기억나지 않지만 그건 뼈 덕분이었나?

"…그래. 비교적 강했을지도."

"어땠는지 보고 싶었네. 그나저나 남자들이 다 뻗어버려서 너 혼자 해치운 거야?"

"혼자는 아니야. 메인…, 여성 기사 한 명이 도와주었고, 병상에서 억지로 기어 나온 녀석이 한 명 있었어."

"어머, 호탕하네."

"용 냄새를 맡으면 가만히 있지 못하는 남자거든."

"냄새? 선실까지 풍길 만큼 강렬했었어?"

"아니, 강렬했던 것은 그 녀석의 식탐이었지."

아무 말도 하지 않고 손질한 것을 나중에 안다면 상당히 불평할 것이다. 뼈에 달라붙은 고기를 발라내서 싱싱할 때 먹는 게 그 남자의 취미였으니까. 뭐야, 어째서 안 깨운 거야? 라며 떼를 쓰는 미카 옆에서 거참 시끄럽네, 어쩔 수 없잖아, 정말 어린애 같다니까 하며 얼굴을 찡그리는 지로. 그 모습을 얼른 보고 싶다.

훗 하고 웃는다.

자고 있건 깨어 있건 그들은 언제나 바나벨 곁에 있는 것 같다. 바나벨 자신도 자각은 하고 있지 않지만 그들의 목소리와 냄새는 이미 바나벨의 일상에 물들어 있었다.

"식탐만으로 냄새를?" 레기나는 재밌다는 듯 중얼거렸다.

"너희들 배도 참 개성적이구나. 나중에 회복하면 꼭 소개해줘. 라스, 너도 한 번 만나보고 싶지?"

"네?"

말을 걸어올 것으로 생각하지 않았는지 라스벳은 의아한 표정으로 돌아보았다. 아무리 그래도 손질 자체는 맡길 수 없었기에—익숙지 않은 대형 칼을 쓰게 하다가 다치기라도 하면 퀸 자자 호든 포르투이호든 전멸하고 만다—두 사람이 꺼낸 고기와 내장을 부위별로 분류하는 일을 맡겼다.

덕분에 그녀의 장갑이 새빨갛게 물든 것은 물론이고 뺨과 이마, 앞치마에도 핏방울이 묻어 있다. 이미 자기 자리로 돌아간 시온이 본다면 졸도할지도 모른다.

하지만 본인은 바나벨이 예상했던 대로 처음 보는 용의 몸 안쪽을 열심히 관찰하고 있었다. 특히 진장(震臟), 즉 용에게 부력을 가져다주는 단단하고 둥근 기관에 대해 설명해주자 눈동자에 레기나와는 다른 조용하고 뜨거운 호기심의 불꽃을 켜고서 부드러운 심장과 비교하고 있었다.

"자, 이거면 되려나?"

주위가 완전히 어둠에 싸이기 전에 겨우 모든 작업을 끝마치고, 레기나는 이마의 땀을 훔쳤다. 바나벨도 온몸이 땀으로 흠뻑 젖었다. 움직임을 멈춘 순간 곧바로 찬바람에 땀이 식어 몸이 부르르 떨리고 만다.

"고마워. 두 사람 덕분에 빨리 끝낼 수 있었어."

"나야말로 즐거웠어. 이제 피를 씻어내고 바닥을 닦으면 끝이야. 착유까지는 안 해도 되지?"

"그래. 뒷정리도 내가 알아서 할게."

"무슨 소리야. 나도 도울 테니까 끝난 후에 같이 목욕하러 가자고. 너, 술은 좀 마실 줄 알아?"

사양한다고는 말할 수 없는 분위기였기에 바나벨은 어깨를 으쓱해 보였다.

"…뭐, 어느 정도는."

"그럴 줄 알았어. 강해 보이는 얼굴을 하고 있었거든. 라스, 너는? 미성년자는 아니지?"

"아니지만. …저도 함께 가야 되나요?"

의아해하는 라스벳에게 레기나는 오히려 놀란 표정을 지어 보였다.

"당연하잖아? 노동 후에는 뒤풀이, 이건 상식이라고. 안 그래? 바니."

"뭐, 그럴… 지도."

"것봐. 그러니까 후딱 해치워버리자고! 아, 그것도 쓰는 게 어때? 배급받은 민트물. 어쩌면 비린내를 잡아줄지도."

그렇게 말하고 레기나는 준비해둔 수세미를 집어 들었다.

"뭘 멀뚱멀뚱 보고만 있는 거야. 바니, 얼른 물 가져와."

"알았어."

바나벨은 고분고분 따랐다. 이래선 어느 쪽이 퀸 자자 호의 승무원인지 알 수 없는 것 같다는 생각도 들었지만 일일이 당혹스러워하는 것도 귀찮았다.

체념할 줄 모르는 라스벳만이 미간을 좁힌 채 "레기나 님…?" 이라며 고개를 갸웃한 채 멍청히 서 있었다.

◆

어째서 이렇게 되어버린 걸까? 라스벳은 몹시 당황스러웠다. 손질에 흥미가 있었던 것은 사실이다. 하지만 용잡이들과 친해지고 싶었던 것은 아니고, 하물며 함께 목욕을 하고 싶었던 것은 더욱 아니다. 조리 중에 용잡이들과 필요 이상으로 접촉하지 않아도 된다는 언질을 시온을 통해 일부러 받았을 정도이다. 술을 함께 마시는 것은 말할 나위도 없다. 그렇게 생각하고 있었는데.

"늦었잖아, 라스. 자, 너도 실컷 마시라고. 걱정 마. 여기선 내가 낼 테니까. 그 정도 지금은 있고, 무엇보다도 너는 이 피난 캠프에서 가장 큰 공로자이니 말야."

목욕탕에 딸려 있는 술집 중앙석에 진을 치고 앉아—어차피 다른 손님도 없었지만—기다리고 있었다는 듯 레기나가 손을 흔들었다. 앞에 놓은 1파인드 글래스는 이미 거의 비어가고 있었다. 바나벨도 마찬가지지만 두 사람의 안색에 아직 변화는 없다.

어쩔 수 없지. 마지못해 레기나와 바나벨 사이에 있는 의자에 앉자, 두 사람에게서 희미하게 달콤한 냄새가 풍겼다. 제라늄과 로즈려나? 어딘지 그리운 느낌이 든다.

"커다란 목욕탕과 바로 옆에 있는 술집! 최고의 환경이네!"

그렇게 말하고 레기나는 맥주를 들이켰다.

"…당연하잖아요. 목욕탕이든 술집이든 당신들 선원을 위해 만들어진 거니까."

"헤에, 설비가 꽤 좋은데 언제 만들어진 거야?"

"3~4년쯤 전이려나요? 여관을 잡지 않는 당일치기 체류객이 돈을 쓰게 할 만한 사업은 없을까 시장이 고민하다가….”

말하다 말고 자신이 생각해도 너무 노골적인 표현인 것 같아서 입을 다물었다. 하지만 두 사람 모두 개의치 않는 눈치였다. 오히려 감탄했다는 듯 고개를 끄덕인다.

“좋은 착안점이네. 딱히 보급할 필요가 없어도 이런 목욕탕이 있으면 잠깐 들러볼까 하는 생각이 들기 마련이고, 혈액 순환이 잘되면 술을 마시고 싶어지는 것이 선원들의 숙명 같은 것이니까.”

“…실제로 그런 배는 많을 거라 생각해요.”

“역시 그렇군! 구호 물자의 수배도 빨랐고, 이곳 시장은 상당한 수완가인 것 같네. 맘에 들었어.”

“마사지사도 배치하면 좀 더 벌 수 있지 않을까?”

“아, 그거 좋네! 라스, 이 마을에 그런 사람 없어? 어깨가 정말 결려서 말이지!”

“저기, 있을… 거라 생각해요.”

“어? 라스 너도 온 거니?”

아직 익숙지 않은 대화에 당황하는 라스벳을 돕고 나선 것은 잔을 가지고 온 술집 여주인이었다.

“오늘은 활약이 많았다고 들었어. 자, 이건 서비스.”

그렇게 말하고 내민 것은 레모네이드로 희석한 맥주였다. 라스벳이 좋아하는 술이다. 알마와도 친한 에라는 라스벳이 어렸을 때부터 아는 사이였다. 라스벳 또한 카운터 안쪽에 있는 그녀 남편의 요리 솜씨가 상당하다는 것을 알고 있다. 레기나의 기세에 압도되었다고는 해도 여기까지 순순히 따라온 것은 오랜만에 그의 요리를 맛보고 싶어서였는지도 모른다.

마사지사에 대해서는 잊어버린 듯 레기나는 에라가 가져온 새로운 잔을 기운차게 치켜들었다.

"자, 그럼 건배. 피곤하지? 라스벳. 미안해, 여기까지 데려와서."

전혀 미안하지 않은 말투로 말한다.

"백 명 이상의 식사를 거의 너 혼자서 만들었으니 말야. 게다가 용을 손질하는 것까지 도왔고. 정말 감사해. 덕분에 동료들의 상태도 꽤 좋아졌어."

"우리 배도 마찬가지야. 고마워."

"…그게 제 일이니까요."

맥주와 함께 테이블에 놓인 것은 두껍게 자른 베이컨 철판구이, 고르곤졸라 오일 통구이, 그리고 얇게 썬 육포였다. 고기는 모두 용 고기였다. 요리를 보고 작게 웃음을 터뜨린 라스벳에게 두 사람이 의아한 시선을 던졌다. 아차 싶어 바로 정색을 했지만 여기까지 와서 무표정을 유지하는 것도 왠지 좀 어린애 같았다. 어흠, 헛기침을 한 후 라스벳은 애써 냉정한 말투로 두 사람에게 말했다.

"제가 만든 요리와 상극에 있는 것들뿐이라서요. 약선 요리로는 역시 좀 부족했나 싶어서."

"어머! 그렇지 않아. 굉장히 맛있었다고. 그렇지?"

"응. 더 먹고 싶을 정도였어."

맛있는 것은 당연하다. 작은 자부심으로 가슴을 부풀리면서 라스벳은 어색하게 미소 지었다. 용잡이가 아니더라도 초면의 인물과 친해지는 것에는 익숙지 않았다.

"책망하고 있는 건 아니에요. 위장에 좋은 것만 만든 것은 사실이니까. 다만 당신들의 지금 건강 상태가 정말로 괜찮은 것 같아서."

"뭐야, 그런 거였어?"

레기나가 안도의 한숨을 내쉬었다.

"뭐, 당장 피와 살이 될 만한 것을 것 찾고 있었던 것은 분명해."

그렇게 말하고 육포를 하나 집어 든 바나벨을 보고 용잡이의 피와 살은 용고기로 만들어지는 건가 하는 생각이 들었다. 내일은 좀 더 단백질이 풍부한, 시온이 말하는 소위 '든든한 음식'도 준비하는 게 좋을지 모르겠다. 위장의 상태도 중요하지만 마음이 충족될 만한 식사를 하는 것도 중요하다.

—내 요리의 식감이 다 안 좋은 것들뿐이라고 오해하면 곤란하고 말이지.

시온은 언제나 라스벳이 만드는 요리가 너무 싱겁다고 불평하지만, 평소의 식생활이 대충대충이라는 것을 알고 있기에 집에 돌아왔을 때 정도는 건강에 좋은 것을 먹여주고 싶어서 그런 것뿐이다. 라스벳도 젊은 남자가 좋아할 만한 요리는 얼마든지 만들 수 있다. 오히려 요리를 가르쳐준 아버지의 특기는 건강에 좋지만 양이 많은 것들이었다.

—녀석들이 먹고 싶어하지 않는 야채를 얼마나 교묘하게 숨겨 넣는지가 실력의 척도란다.

아버지에게서 처음 배운 요리는 당근을 갈아 넣은 햄버그스테이크였다. 버터로 단맛을 살려 볶아내든, 얇게 채를 썰어 머스터드와 오일로 버무리든 언제나 잔뜩 남았던 당근이 단 하룻밤 만에 여느 때의 두 배가 소비되었다.

—네 엄마도 야채를 싫어했거든. 특히 당근은 흙냄새가 난다며 먹지 않았지. 하지만 이 햄버그스테이크는 좋아해서 계속 추가해가

며 먹었단다.

그 말을 듣고 라스벳도 햄버그스테이크를 좋아하게 되었다. 머릿속에 남아 있지 않은 어머니의 기억은 아버지가 언제나 요리의 맛과 함께 메워주었기에 외로움을 느낀 적은 거의 없었다.

가슴이 따끔 아파왔다.

무슨 까닭인지 오늘은 유난히 아버지의 기억을 자주 떠올리게 된다.

"그나저나 어째서 우리들 위장만 이렇게 정상인 거지?"

어느 틈엔가 레드 와인을 병째로 주문한 레기나가 잔에 따르면서 고개를 갸웃거렸다.

"다들 딱히 이상한 것은 안 먹었는데 말야. 여기 있는 베이컨이나 육포와 별 차이가 없었지. 아, 하지만 라스, 갓 손질한 용은 정말로 맛있어. 그것만은 가게에서 먹을 수 없다고."

베이컨을 썰며 라스벳에게 말했다. 나이프로 그은 곳에서 육즙이 흘러나온다. 더 이상의 기름기는 필요 없다고 생각하고 있자니,

"신선함이 달라서 같은 기름기라도 전혀 부담이 안 돼. 예를 들면 비계 스테이크를 먹어본 적 있어?"

"비계 스테이크요?"

듣기만 해도 느글느글할 것 같다. 레기나는 씨익 웃었다.

"열을 가할수록 녹아서 작아지니까 굽는 사람의 실력이 요구돼. 사이즈도 중요한데, 너무 크면 안까지 다 안 익거든. 비계만을 먹는 것도 좋지만 장에 낀 비계를 적당히 녹여서 소금을 뿌려 먹으면 이게 정말 최고지. 바니는 먹어본 적 있어?"

"없어. 우리 배는 굳이 따지자면 큼직큼직한 요리가 많지, 그런

섬세한 요리는 그닥."

"전혀 섬세하지 않아! 굽는 사람의 실력이라고 해도 요리사가 굽는 게 아니거든. 썰어놓은 고기를 적당히 쌓아두고 각자 철판에서 구워 먹는 거야. 맛있게 먹을 수 있을지 어떨지는 자기 실력 나름인 거지."

잘 상상이 되지 않는다. 그렇게 생각하며 라스벳은 베이컨을 입에 넣었다. 후추와 소금 간이 뛰어나고 불필요한 기름기는 빠졌기에 느끼하지 않았다. 나는 이거면 충분해. 그렇게 생각하다가.

문득 떠올렸다.

"…비계가 원인일 가능성도 있겠군요."

"음?"

"식중독 말예요. 방금 이야기를 들어보니 고기는 둘째치고 비계는 반쯤 날로 먹는 셈이잖아요. 그것을 먹고 탈이 난 것 아닌가요?"

레기나와 바나벨은 서로 눈을 마주쳤다.

하지만 곧 바나벨이 고개를 저었다.

"적어도 우리들은 그런 요리를 먹지 않았어."

"우리들도 이번에 처음 먹은 게 아니고 말야."

그렇구나. 라스벳은 시선을 떨구었다. 쓸데없는 말을 해버린 것 같아서 조금 창피했지만 라스벳의 발언을 계기로 두 사람의 머릿속은 짧은 휴식을 마치고 현실로 돌아왔는지 조금 진지한 표정으로 생각에 잠겼다.

바나벨은 레기나를 쳐다보았다.

"포르투이호에서도 무사한 건 여자뿐이야?"

"대부분 그래. 남자도 한 명 있긴 하지만 입맛이 별로 없다면서 식사 자체를 안 했거든. …음, 그렇게 보면 역시 식중독이려나? 감염증이 아니라."

레기나는 바나벨의 잔에 레드 와인을 따랐다. 바나벨은 단숨에 마시고 나서 답례로 레기나의 잔에 따라주었다. 진지한 얼굴을 하고 있든, 들뜬 얼굴을 하고 있든 두 사람이 술을 마시는 속도에는 변함이 없다. 라스벳이 한 잔을 다 마시기도 전에 둘이서 가게에 있는 알코올을 전부 마셔버릴 기세였다.

"나 말야, 좀 생각해봤는데."

레기나가 몇 잔째인가의 와인을 비우고 나서 말했다.

"포룡선은 위생 상태가 안 좋아서 그럴 수도 있다고 의사는 말했지만 우리 배는 식품 관리에 꽤 신경을 쓰고 있어. 청소도 자주 하고 말야. 한두 사람이라면 모를까, 튼튼한 것만이 자랑인 녀석들이 모두 쓰러진 게 믿기지 않아."

—무언가 잘못된 겁니다.

불현듯 귓속에서 울려 퍼진 것은 굳어진 아버지의 목소리였다.

—식자재 관리에 문제는 없었어요. 원인은 분명 다른 곳에 있을 겁니다!

라스벳은 눈을 꽉 감았다.

그런 라스벳의 모습을 깨닫지 못하고 바나벨이 대답했다.

"우리도 마찬가지야. 가난하지만 부엌은 언제나 청결하게 유지했고 사주장의 솜씨도 신뢰할 수 있어. 요시가 상한 재료를 못 보았을 리 없다고."

"그래. 너희들의 배는 낡았지만 나쁘지는 않았지. 건전하게 살고 있는 사람 냄새가 났거든."

"낡았다는 말은 쓸데없지만, 혹시 그것을 확인하러 왔던 거야?"

"도울 생각이 있었던 것은 사실이야. 손질하는 것도 좋아하고 말이지. 하지만 이래 봬도 의사라서, 원인을 알아내기 위해 머리를 굴리는 것은 당연하잖아?"

레기나는 라스벳이 썰어놓은 베이컨을 입에 넣었다.

"아아, 맛있다. …우리들이 하늘 위에서 먹은 것도 이 정도로 맛있었어. 이상한 냄새도 안 났고 말이지. 저기, 바니라면 알 거 아냐. 비행선에서는 조미료가 한정되어 있어서 소재의 맛이 분명히 드러난다는 걸. 상한 건 먹어보면 바로 알 수 있다고."

"야성적으로 생활하고 있는 탓에 뱃사람들은 다들 그런 부분에 민감하고 말이지."

"그래, 그래. 그러니까 내가 생각하고 있는 것은 식중독은 식중독이지만 원래부터 음식 자체에 문제가 있었던 건 아닐까 하는 거야. 다시 말해 상한 게 아니라 애초에 독성이 있는 것을 먹고 말았다는 거지."

"독성이 있는 것?"

"그래. 다만 문제는 평소와 그리 다른 것을 먹은 기억이 없다는 거야. 나만 무언가를 안 먹은 것도 아니었고."

으음. 팔짱을 끼고서 생각에 잠긴 레기나 옆에서 바나벨은 몇 번인가 눈을 깜빡였다. 긴 속눈썹이 흔들린다. 표정은 변함없지만 그녀도 기억을 더듬으며 그 가능성을 검토하고 있는 것일지도 모른다.

얼마간 침묵이 계속되면서 두 사람의 잔에서 와인만이 줄어들었다. 안색은 여전히 변하지 않고 있고 평소와 다름없이 냉정하고 신중했기에 동료들이라고 딱히 두둔하고 있는 게 아니라는 것은 한눈에도 알 수 있다.

그런 두 사람을 라스벳은 조용히 바라보고 있었다.

—어째서.

가래와 두통으로 신음하고 있는 사람은 없었기에 감기 같은 감염증일 가능성은 낮다는 것이 마을 의사의 소견이었다. 애당초 네 척의 비행선은 모두 각각 다른 곳을 비행하고 있었다. 대략적으로 보면 같은 방향에서 날아왔다고 할 수 있지만 들렀던 마을은 각각 다르다. 바이러스가 만연하기 힘든 높은 하늘 위에서 똑같은 병에 걸릴 것으로는 생각하기 힘들다. 그렇다면 비행선의 위생 상태와 요리사를 의심해야 하는 게 보통이다. 하지만.

어째서 믿어주는 거지?

요리사의 잘못일 리 없다는 것을 분명하게.

—어째서 믿어주지 않는 겁니까?

비통한 아버지의 목소리가 다른 행복한 기억을 모두 지워버린다.

적어도 라스벳은 달랐다. 과거에 라스벳의 아버지는.

—원인은 다른 곳에 있을 거라고요.

어금니를 깨문다.

역시 오지 않는 게 좋았다고 라스벳은 생각했다. 용잡이들과 엮여서 좋은 것은 아무것도 없다. 하지만 희미하게 떨리기 시작한 몸을 억누르기에도 벅차서 자리를 털고 일어날 수도 없었다.

"…안색이 안 좋은데 괜찮아?"

바나벨이 얼굴을 들여보자 라스벳은 작게 고개를 저었다.

"괜찮아요. …조금 취했을 뿐."

"그래? 무리는 하지 마."

"맞아~. 우리들이 마시는 속도가 이상한 거니까 흉내 내면 안 된다고!"

"…알고 있었나요?"

"모를 리 없잖아. 벌이가 전부 술값으로 사라졌으니까. 어머, 벌써 다 먹었네. 여기, 한 병 더 갖다줘!"

신기했다.

얽여서 좋은 것은 아무것도 없다고 생각한 참인데 레기나의 목소리를 들은 것만으로도 가슴이 따뜻해졌고, 바나벨의 조용한 눈길을 받는 것만으로도 마음이 약간 평온을 되찾았다.

용잡이들인데.

이 사람들만은 어쩌면 그렇게 싫지 않은 것일지도 모른다고 생각하며 라스벳은 살며시 호흡을 골랐다.

"이건 서비스야."

병을 가져온 에라의 다른 한쪽 손에는 살라미(주4)와 생햄을 담은 쟁반이 있었다.

"이것도 용고기야. 너희들은 항상 먹고 있을 텐데 용케 안 질리는구나."

"질릴 리가. 용고기 맛은 하나하나 다 다른데."

와! 천진난만한 환성을 터뜨리며 레기나는 가져온 음식을 곧바로 입에 넣기 시작했다. 으음, 맛있어, 하며 몸을 비트는 모습에 웃음을 터뜨린 것은 에라가 아니라 바나벨이었다.

"너라면 녀석과 죽이 잘 맞을지도 모르겠어."

"녀석? 아, 식탐만으로 냄새를 알아챘다는 그 녀석 말이지? 에

주4) 살라미: 이탈리아식 소시지.

이, 그럴 리가. 나는 식탐이 아니라 미식가라고. 미·식·가! 아무튼 귀하게 자란 몸이라 입도 고급이야."

"귀하게? 아, 혹시 레기나 님은…."

라스벳의 말에 레기나가 걸걸하게 웃었다.

"아, 그건 아니야. 나는 나라서 누구보다도 고결하고 긍지가 있는 거라고. 알았어?"

"…모르겠는데요."

"흐흥, 어린애가 이해하기엔 조금 이를지도 모르겠네. 그나저나 이렇게 맛있는 것을 서비스로 줘도 괜찮아? 물론 고맙게 먹겠지만."

"오늘은 너희들 외엔 손님이 안 올 것 같으니 말야."

한산한 가게 안을 돌아보고 에라는 어깨를 으쓱했다.

"네 척이나 왔으면 보통은 한창 벌 때인데 말야. 이번만은 어쩔 수 없나?"

"대신 내가 매일 밤 올게. 다 나으면 남자들도 데리고 올 거고."

"그래주면 고맙지…. 에취! 아, 미안해."

"감기야?"

코를 훌쩍거리는 에라의 모습에 레기나는 약간 의사의 얼굴이 되었다.

하지만 에라는 고개를 저었다.

"이건 꽃가루 알레르기야. 역시 마스크를 쓰는 게 좋으려나? 손님 앞에서 마스크를 쓰는 건 모양새가 별로 안 좋을 것 같지만 그런 부분에 신경 쓰지 않으면 우리까지 식중독 환자가 나올 것 같으니 말야."

"그렇군. 벌써 그런 계절인가."

라스벳은 창 밖을 바라보았다.

네벨시를 덮고 있는 것은 안개뿐만이 아니다. 마을 전체를 둘러싸고 있는 산들에 심어놓은 나무들 중에는 성가신 꽃가루를 날리는 게 있는 모양이다. 다행히 라스벳은 그 증상으로 고생한 적이 없지만, 봄이 찾아오면 코를 훌쩍이며 재채기를 연발하는 사람이 마을에 넘쳐났다.

"작년인가 재작년인가부터 북쪽에서 강한 바람이 불게 되면서 더 심해졌어. 올해는 한층 더 강해진 것 같아. 우리 아들은 코가 가려워서 밤에 잠도 못 잘 정도라고."

라스벳은 코밑을 문지르는 에라를 올려다보았다.

"내일 카모마일 티를 가져다드릴게요. 효과는 별로 강하지 않을 거라 생각하지만."

"오, 고마워! 네가 끓인 차는 몸에 스며드는 것 같으니 말야. …아, 대화를 방해하고 말았네. 그럼 느긋하게 있다가 가."

빈 병과 쟁반을 들고 안쪽으로 돌아가는 에라의 뒷모습을 바라보면서 레기나는 미소 지었다.

"너는 마을 사람들의 신뢰를 받고 있구나."

"약선 요리를 할 수 있는 사람이 저밖에 없어서 그래요."

"그런 자신만의 무기를 발견하는 것도 재능이야. 사람은 자신을 원하는 곳에서 꽃을 피우는 게 제일인 거지."

"…당신의 경우는 비행선 의사인가요?"

글쎄…? 중얼거리고 나서 레기나는 한순간 아련한 눈을 했다.

"원래는 지상에서 의사가 되고 싶었지만 말야. 하지만 뭐 여러 가지 일들이 있어서. 바니, 너는 어때? 어째서 용잡이가 된 거야?"

"나? 나도 뭐 어쩌다 보니 그렇게 됐어."

"뭐야. 어쩌다 보니라니."

"이런저런 일들이 있었거든. 너와 마찬가지로."

바나벨 또한 한순간 아련한 눈을 하고 잔을 기울였다.

"지상에는 있을 곳이 없었기에 나는 법을 배워서 하늘로 온 거야. 단지 그뿐이지."

"…그래. 확실히 나랑 똑같은 것 같네."

묘하게 침울한 분위기에 잠겨 있던 레기나는 바나벨의 잔에 자신의 잔을 쨍 하고 부딪쳤다.

너는 어때? 라고 묻는 듯 레기나가 라스벳을 보았다. 왜 약선 요리사를 선택하게 된 건지. 왜 네벨시에 있는 것인지. 그것 또한 어쩌다 보니 그렇게 되었을 뿐 분명한 이유 따윈 어디에도 없었다.

그렇게 생각하고 있었다. 지금까지는.

"…저는 그 반대예요."

자신도 모르게 말이 흘러나왔다.

남은 맥주를 단숨에 들이켠다. 좋아하는 술이었지만 미지근해지고 거품이 빠진 그것은 입속에 달라붙는 달짝지근함만을 남겼다. 왠지 견딜 수 없는 기분이 들어서 라스벳은 일어났다.

"그만 돌아가볼게요. …내일 만들 요리의 재료 손질도 남아 있어서."

너무 갑작스러운 행동이라는 것은 스스로도 알고 있었다. 자신의 행동이 무례하다는 것도. 하지만 오늘은 무슨 까닭인지 감정이 쉽게 흔들렸다. 예측하기 힘든 폭풍을 몸속에 억눌러두려면 혼자가 될 필요가 있다고 생각했다.

"내일 봐요. …고기 요리도 가져갈 테니까."

"알았어." "잘 자." 두 사람이 대수롭지 않게 대답하는 목소리가 귀를 스쳤지만 무슨 까닭인지 두 사람의 얼굴을 제대로 쳐다볼 수 없었다.

빠른 걸음으로 가게 밖으로 나가자 봄에 걸맞지 않은 차가운 바람이 라스벳에게 불어왔다. 에라가 말한 북풍이다. 그것에 내몰리듯 라스벳의 발걸음이 잰걸음에서 달리기로 바뀌었다.

용잡이들 따윈 싫다. 하지만 바나벨과 레기나가 싫은 것은 아니다. 용을 손질하는 것도 즐거웠고 두 사람과 나누는 대화도 즐거웠다. 나이가 비슷한 여성과 교류할 기회가 별로 없는 라스벳으로선 유쾌하게 이리저리 튀는 대화를 듣는 것만으로도 신선했다. 하지만.

역시 싫다. 용잡이들 따윈.

그럴 것이 라스벳은, 라스벳이 이 마을에 온 것은 우연 같은 게 아니라 다름 아닌 용잡이들 탓인 것이다.

―저기 말야, 라스. 나는 다시 하늘로 돌아가고 싶단다.

죽기 직전까지 아버지는 그렇게 말했다. 그렇게 괴로운 경험을 했고 조리장에 설 수도 없게 되었는데, 그는 비행선의 구인 정보를 신문에서 찾는 것을 그만두지 못했다.

―네 엄마는 정말 솜씨 좋은 작살수였어. 젊은데 누구보다도 용감해서 용을 해치우는 데 능했지.

그 두 사람 탓이다. 번지는 눈물을 못 본 척하며 달린다.

어머니가 돌아가신 것은 그 두 사람 또래 때였다고 한다. 원인은 용에게 당한 부상. 터무니없이 크고 흉포한 용이었다는 것을 아버지에게서 들었다. 어머니도 그 두 사람처럼 호쾌하게 술을 마시고 신선한 용고기를 먹었을까? 그런 생각을 하니 애절하고 쓸쓸해서 하늘을 무심코 올려다볼 수밖에 없었다.

─지상에는 있을 곳이 없었기에 나는 법을 배워서 하늘로 온 거야.

바나벨은 그렇게 말했었다. 아마 어머니도 그랬을 것이다.

하지만 라스벳은 다르다. 라스벳의 아버지 역시.

반대인 것이다.

하늘에는 있을 곳이 없었기에, 있을 곳을 잃어버렸기에, 두 사람은 배를 떠나 이곳으로 왔다. 지상에서 살 수밖에 없어서.

─아빠.

발걸음을 멈추고 밤하늘을 올려다본다. 두꺼운 구름에 덮여 별조차 보이지 않는다. 비행선을 타고 있을 때에는 질릴 만큼 보았던, 라스벳을 감싸는 침구라고도 할 수 있었던, 반짝이는 별들이 하나도.

하얀 입김이 가늘게 입에서 새어 나왔다.

라스벳의 아버지는 포롱선의 요리사였다. 죽은 어머니의 기억과 함께 용잡이들을 위해 요리를 하는 게 그의 긍지였다.

하지만 라스벳이 열다섯 살이 되었을 때 모든 것은 변했다. 타고 있던 배에서 다짜고짜 쫓겨났던 것이다.

이유는 식중독.

그의 요리를 먹은 선원들이 모두 고열로 쓰러졌다. 라스벳도 예외는 아니었다.

라스벳 또한 아버지에게서 모든 것을 빼앗은 원인이 된 한 사람이었던 것이다.

제 **4** 화

라스벳이 처음 배에서 내린 것은 열한 살이 되었을 무렵이었다.

어머니를 여읜 후에도 계속 타고 있던 포룡선이 설비 불량과 인원 부족 때문에 해산되어 일자리를 잃은 아버지의 손에 이끌려 네벨시를 찾은 것이다.

20대에 지상을 떠난 후로 아버지는 가족과 한 번도 만나지 않았다고 하는데 여동생인 알마는 그 공백이 느껴지지 않을 만큼 시원시원하게 웃으며 두 사람을 맞아주었다. 어머, 어딘가에서 곰이 습격한 줄 알았네. 그렇게 말하며 오빠를 끌어안은 알마는 어색하게 웃는 조카에게도 마찬가지로 온기를 전해주었다. 알마는 아버지와 대조적으로 마른 체형이었지만 동글고 낮은 코만은 아버지의 코와 똑같아서 묘하게 안심이 된 것을 기억하고 있다.

아버지를 닮았다는 시온은 별로 마음에 들지 않았다. 아버지나 알마와 달리 쭉 뻗은 콧대와 늠름한 얼굴. 아버지를 잃은 지 얼마 안 되어 정서 불안정 상태였던 그에게 처음 만나는 백부와 사촌 여동생은 자신의 생활을 위협하는 난입자로 여겨졌는지 대화를 나누기 전부터 적개심을 드러냈다.

친척이라고는 해도 다 큰 남녀가 한 지붕 밑에서 사는 것은 별로 좋지 않을 거라며—아버지가 저 아이도 나름대로 까다로운 구석이 있으니까 너그럽게 봐달라고 작게 말하는 것을 들었을 때에는 몹시 화가 났었다—거처로 정한 곳은 가난한 사람들의 피난소, 숙모네 집 뒤편 산중턱에 세워진 하이룽그 수도원이었다.

　—괜찮지? 라스. 조금이라도 하늘에 가까운 곳에 있을 수 있게 됐으니.

　그렇게 말하면서 아버지는 웃었다. 그런 것은 아무래도 좋다며 라스벳은 고개를 홱 돌려버렸다. 평생 여기서 살 것도 아니고 지금까지도 보급을 위해 마을에 정박한 적은 있다. 며칠간이었던 게 수십 일, 수개월로 늘어났을 뿐이다. 지상에서 생활하는 것 따윈 별것 아니다. 오히려 편리해져서 좋다고 생각하고 있었다. 하지만.

　1주일도 되지 않아 라스벳은 마음이 산산이 찢어질 것 같았다.

　태양이 멀게 느껴지고 바람의 목소리가 들리지 않는 생활이 이리도 자신과 맞지 않을 줄은 꿈에도 생각하지 못했다.

　수도원에서의 생활은 풍요롭다고 할 수 없었지만 청결했고, 이곳저곳에서는 꽃 냄새가 풍겨왔다. 다 해진 이불 속에서 추위에 떠는 일도, 아무리 청소해도 지워지지 않는 땀 냄새에 골머리를 썩는 일도 없다. 매일 따뜻한 물도 쓸 수 있다. 하지만 그 정비된 생활의 아름다움과 한적한 산의 정적이 오히려 라스벳을 잠들기 어렵게 했다. 아무리 귀를 기울여도 자장가 대신이었던 프로펠러 소리가 들리지 않아 외로움에 눈물을 흘리면서 라스벳은 부드러운 시트 자락을 움켜쥐었다.

　그제야 비로소 라스벳은 포룽선에서의 생활이 아버지뿐 아니라 자신에게도 긍지였다는 것을 깨달았다. 용 기름 냄새에 절어 있던 나날에서 벗어나고 싶다고 쭉 생각하고 있었다. 마을로 내려올 때마다 또래 여자아이들이 예쁜 옷을 입고 있는 게 부러워서 아버지에게 불평을 늘어놓았었다. 하지만 그것을 손에 넣은 지금, 삼베로 된 원피스도, 수도녀들이 나눠준 향유도 전혀 가슴을 뛰게 하지 못했다.

"또 그것을 보고 있나요?"

온화한 목소리가 추억에서 현실로 의식을 되돌렸다.

예배당 의자에 앉아 멍하니 스테인드글라스를 올려다보고 있던 라스벳에게 말을 건 것은 수도원장인 도리스였다. 일어나려고 하는 라스벳을 제지하고 그 옆에 앉는다.

처음 만났을 때와 마찬가지로 새하얀 피부에 새겨진 깊은 주름살. 볼 때마다 이유도 없이 안심이 되어서 라스벳은 울고 싶어진다. 온후한 미소에 새싹 같은 냄새를 풍기는 도리스. 알마가 어릴 때부터 도리스는 이런 모습이었고, 지금보다 조금이라도 젊은 모습을 아는 사람은 한 명도 없다. 아마 80은 넘었을 것으로 추측되지만 그녀의 존재 자체가 네벨시 최대의 수수께끼였다.

"옛날부터 당신은 이 그림을 좋아했지요."

라스벳이 올려다보고 있던 곳을 바라보며 도리스는 추억에 잠기듯 눈을 가늘게 떴다.

"모습이 보이지 않아서 찾아보면 항상 이곳에 앉아 저것을 보고 있었습니다."

"…그랬었나요?"

예배당 벽 높은 곳에 설치된 커다란 스테인드글라스. 그려져 있는 것은 파란 하늘에서 빛나는 태양과 특징과도 같은 삼각 날개를 가진 용의 모습이다. 원래라면 햇빛이 스테인드글라스를 투과해서 성당 안을 여러 가지 색깔로 물들여야 하지만 이 마을에 있는 한,

그 진가를 발휘할 일은 없다.

예전의 생활로 돌아가고 싶어서 견딜 수 없었던 그 시절, 이 스테인드글라스만이 라스벳에게 '하늘'이었다. 마지막 포룡선—아버지가 식중독을 일으킨 탓에 쫓겨난 그 배—을 함께 타기 전까지는.

라스벳은 작게 한숨을 내쉬었다.

"딱히 좋아하는 것은 아니에요. 바보 같다는 생각이 들었을 뿐. 이런 것을 신성시하며 고마워하다니."

라스벳의 밉살스러운 말에 도리스의 눈꼬리 주름은 깊어졌다.

"오늘도 예배는 안 할 겁니까?"

"기도해봤자 아무런 의미도 없으니까요."

아무도 소원 따윈 들어주지 않는다고 라스벳은 생각한다.

네벨시에 온 후로 아버지가 구했던 일자리의 대부분은 아이를 동반하는 것을 허용하지 않았다. 라스벳만이 몇 개월간 지상에 홀로 남겨지는 적도 적지 않아서 아버지만 치사한 것 같다는 생각에 더욱 외로움이 강해졌다. 그래서 15세가 되었을 무렵 아버지가 라스벳도 받아준다는 포룡선 일을 발견했을 때에는 환희에 들떴다. 아버지와 함께 있을 수 있다, 아버지와 다시 하늘을 여행할 수 있다, 희망에 들떠 이 예배당에서 진심으로 신에게 감사를 드렸었다.

그랬었는데.

아버지와 함께 배에서 쫓겨난 것은 불과 그 석 달 후의 일이었다. 게다가 분풀이인지 아버지에 대한 악평까지 퍼뜨리고 만 탓에 아버지를 고용하려는 배는 사라지고 말았다. 이곳저곳에서 문전박대를 당한 아버지는 이윽고 체념하고 수도원에서 생활할 것을 결심했다.

—어째서.

라스벳은 매일 분한 나머지 입술을 깨물었다. 이렇게 하늘과 배를 좋아하는 우리들이 어째서 쫓겨난 거냐며.

용잡이들을 태운 배가 오면 누구보다도 먼저 알아채는 것은 반복해서 꿈을 꾸기 때문일 것이다. 온몸으로 바람을 맞으며 갑판에 서게 될 날을. 좁은 부엌에서 한정된 도구와 재료로 풍부한 색채의 요리를 만들어내는 아버지의 마법을 다시 보게 될 그날을.

스테인드글라스를 올려다보면서 라스벳은 몇 번이나 기도했다. 부디 아버지에게 일을 주세요. 알마 아줌마의 보조 같은 게 아니라 아버지의 마법을 제대로 살릴 수 있는 일을. 아버지를 쫓아낸 사람들이 잘못했다며 한시라도 빨리 고개를 숙여줄 것을.

—하지만 그런 날은 찾아오지 않았다.

외톨이다, 라스벳은 그렇게 생각했다.

나는, 하늘에게, 버림받았다.

나는, 하늘에서, 태어난 아이이건만.

파열될 듯한 허무함을 떠안고, 라스벳은 기도를 멈췄다. 스테인드글라스를 우러러보던 그 눈빛에 평안이 아닌, 증오가 섞여들었다.

자신감을 잃은 탓인지 조리장에 서는 일도 없게 된 아버지는 절망 속에서 나날이 야위어갔다. 라스벳을 바라보는 눈길도 공허해졌고 프로펠러 소리를 갈망하듯 하늘만 올려다보게 되었다.

"원장님은 용케 순수하게 신을 믿으시네요."

'나이도 많으시면서'라는 폭언은 간신히 삼킨다. 그래도 무례하기 짝이 없는 라스벳의 말에 기분이 상한 기색도 없이 도리스는 흐린 하늘 틈새로 내비친 봄의 햇살 같은 미소를 지었다.

"오늘도 하늘의 은혜에 감사하고 있습니다."

스테인드글라스를 향해 양손을 모으고 눈을 감는 도리스의 경건한 모습을 라스벳은 싸늘한 눈으로 바라보았다.

거의 모습을 드러내지 않는 태양을 수호신으로 숭배하다니 이 마을 사람들은 어떻게 된 것 아니냐고 라스벳은 생각한다. 도리스에 따르면 용은 태양의 화신이고, 가끔 마을을 습격하는 것은 사람들의 잘못된 행동을 바로잡기 위해서라고 한다. 그렇다면 그런 용을 퇴치하고 교역하는 것은 벌을 받을 행위일 것 같은데, 그것이야말로 인간에게 주어진 시련이자 은혜이기도 하다고 완강하게 주장하고 있다.

─너무 좋을 대로만 해석하는 것 아냐?

이곳에서 생활하기 시작했을 무렵 아버지에게 그렇게 불평했다. 하지만 아버지는 신앙 따윈 그저 마음의 평온을 위해 있는 것이라며 웃을 뿐이었다.

기도를 마친 도리스는 모으고 있던 양손을 무릎 위로 내렸다.

"그래서 오늘은 무슨 일인가요? 지금은 굉장히 바쁜 걸로 아는데. 마을을 위해 봉사하고 있다고 들었습니다."

"그렇게 좋은 쪽으로만 해석하지 마세요. 그냥 동원되었을 뿐이니까. 윗분들 지시는 거역할 수 없어서."

"하지만 당신 덕분에 여행자들이 상당히 회복되었다고 들었습니다. 자상하고 우수한 아이라며 아버님도 기뻐하시겠죠."

과연 그럴까? 속으로 중얼거린다.

요양식을 만들기 시작한 지 사흘, 확실히 선원들은 순조롭게 회복되고 있는지 고열로 신음하던 바나벨의 동료들도 혼자 힘으로 일어날 수 있게 되었다고 시온이 말했다. 그만큼 더 든든한 식사를 요구받게 되어 라스벳은 더 바빠졌다. 하지만 바쁘다는 핑계로 바나벨과 레기나를 계속 피하고 있다는 게 마음 한구석에 걸렸다. 굳이 상대할 이유는 없다는 것은 알고 있지만 술집에서 느꼈던 잠깐의 편안함이 잔향처럼 남아 있다. 그것은 기쁘다기보다는 오히려 갑갑했다.

두 사람은 라스벳을 신경 쓰고 있는 듯했다. 조리장에 종종 얼굴을 내밀고 있는 것은 알고 있지만, 시야 한구석에서 두 사람의 모습을 확인하면 라스벳은 보란 듯이 요리에 몰두하거나 다른 직원들 사이에 숨었다. 에라네 가게를 사흘 연속으로 방문해서 매상에 기여하고 있다는 말을 들었기에 가게가 있는 거리를 피해서 귀가했다.

지금의 라스벳을 아버지가 본다면 용잡이들을 너무 싫어한다고 탄식하지 않을까? 하지만 그런 이야기를 도리스에게 할 생각은 없었다.

"오늘은 그저 책을 빌리러 왔을 뿐이에요. 메뉴를 만드는 데 참고하고 싶어서."

"하이룬그 님의 책 말이죠? 그냥 드린다고 했을 텐데. 이 마을에서 그분의 저서를 읽는 것은 당신 정도뿐이니까요."

"그럴 순 없어요. 오늘은 없어도 내일이면 읽고 싶은 사람이 생길지도 모르잖아요. 이곳에 있는 것은 전부 곤란한 사람들의 것이라고 말씀하신 것은 원장님이에요."

"…별난 것에 집착하시는군요."

쓰게 웃으며 도리스는 뼈가 앙상한 손을 라스벳의 머리 위에 올렸다. 그리고 그대로 미끄러지듯 내려가서 뺨을 어루만진다. 살점 없이 차가운 손의 주름이 라스벳의 피부와 접촉하며 체온을 교환했다.

도리스의 수정처럼 맑은 눈동자에 비친 라스벳의 얼굴은 무뚝뚝하면서도 의지할 곳 없다는 불안에 흔들리고 있었다. 옛날부터 도리스가 쳐다보기만 해도 자신은 몹시 작은 존재가 되어버린 듯한 기분이 든다. 가슴속의 앙금을 모두 발산하고 싶은데 해야 할 말이 떠오르지 않는다.

"당신의 그런 면을 저는 정말 좋아합니다."

할 말을 잃은 라스벳은 목구멍 속에서 치밀어 오르는 것을 간신히 억눌렀다. 하지만 참지 못하고 눈물이 흘러내리려는 순간, 언제나 도리스는 손을 놓아버리곤 했다.

"당신에게도 하늘의 은혜가 있기를."

그렇게 말하고 미소를 남긴 채 도리스는 조용히 떠나갔다.

젖은 눈을 말리기 위해 한껏 치켜뜬 라스벳은 코를 작게 훌쩍였다. 신이나 기도에 흥미가 없음에도 종종 이곳을 찾는 것은 오로지 도리스를 만나고 싶어서였다. 아버지가 돌아가시고 16세에 시온의 동생이 되었을 때까지 이 수도원은 틀림없이 라스벳의 집이었다. 라스벳에게 약선 요리라는 길을 제시해준 곳도 이 장소였다.

일어나서 예배당 구석에 놓여 있는 작은 책장에서 한 권의 책을 빼냈다. 하이룬그 레시피라 쓰인 그 책에는 수도원을 연 초대 원장이자 의학자였던 하이룬그의 처방전이 기록되어 있다.

"그래, 이거야, 이거…."

기분을 다독이기 위해 일부러 밝은 목소리를 낸다.

간 경단 수프의 레시피가 적힌 페이지를 펼친 후 라스벳은 그 조리법을 중얼중얼 소리 내어 읽으면서 기억에 새겼다. 라스벳 자신이 간의 식감을 별로 좋아하지 않기 때문에 지금까지 만들 기회가 없었지만 바나벨과 레기나의 식성으로 보건대 그들이 원하는 것은 이렇게 고기가 많이 들어간 요리였다. 환자에게 기름기 많은 스테이크를 먹일 수는 없지만 육수로 끓인 이 수프는 내장 질환과 복통에 좋다고 되어 있다.

바람직한 것은 올바르게 먹고 마시는 것. 그것이 하이룬그의 가르침이었다.

혈액과 점액, 그리고 담즙… 즉 간장에서 분비되는 소화액의 균형을 맞추는 게 건강으로 이어진다는 것이 그녀의 사상과 의술의 기본이었다. 역시 확인하러 오길 잘했다. 이거라면 선원들의 몸과 마음을 모두 만족시킬 수 있을 터. 요리를 앞에 두었을 때 두 사람이 보였던 미소를 짓고 자연스럽게 입매가 누그러진 것을 라스벳은 깨닫지 못했다.

다만 문득 맘에 걸리는 게 있었다.

뭘까 생각하면서 몇 번이고 읽었던 글자를 눈으로 다시 훑는다. 점액이라는 단어에서 무의식적으로 시선이 멈춘 것을 깨닫고 라스벳은 고개를 갸웃했다. 최근 같은 단어를 본 것 같은 느낌이 든다. 하지만 대체 어디서였지?

더 깊이 기억을 더듬으려고 했을 때,

"여기 있었구나, 라스."

예배당 문이 열리며 귀에 익은 목소리가 울려 퍼졌다.

고개를 들어보니 그곳에는 숨을 약간 헐떡거리는 시온이 서 있었다.

"웬일이야? 네가 여기까지 오다니. 걸어서 30분은 걸린다고 평소엔 거의 안 오면서."

"찾고 있었어. 자네 지시대로 다들 재료 손질을 시작했는데 어제와 똑같이 해도 괜찮은지 다들 고민하고 있어서…. 오늘은 새로운 요리를 추가한다고 하지 않았어?"

"…자네?"

기분 나쁜 것을 보았다는 듯 얼굴을 찡그린 라스벳의 모습에 시온은 발끈한 표정으로 입술을 일그러뜨렸다.

"너라고 부르지 말라고 한 건 그쪽이잖아."

"그건 그렇지만… 자네라는 단어가 시온의 사전에 있었나?"

"뭐야, 실례잖아."

"하지만 그렇잖아. 대체 누구한테서 배운 거야?"

쑥스러운 듯 시온은 시선을 이리저리 돌렸다.

"…동료."

작게 중얼거린 후, 어이없어하는 라스벳의 표정에 다시 기분이 상했는지 변명하듯 큰 소리를 냈다.

"하지만 어쩔 수 없잖아. 달리 뭐라고 불러야 할지 몰랐으니까! 엄마를 흉내 내서 댁이라고 부르면 어차피 화낼 거잖아!"

"화내는 게 당연하잖아."

"거봐! …그렇다고 매번 이름을 부르는 것도 이상하고."

"그래서 자네?"

"안 어울린다는 건 잘 알고 있어!"

짜증을 내는 오빠의 모습에 라스벳은 무심코 웃음을 터뜨렸다.

들고 있던 책을 책장에 다시 꽂고 치밀어 오르는 웃음을 참으며 어깨를 으쓱해 보인다.

"넌 정말 단순하구나."

"시끄럿! …나 참, 무슨 말을 해도 불평을 한다니까."

시온은 자신과 가장 가까운 곳에 있는 의자에 앉더니 불만스러운 듯 팔짱을 꼈다. 야근을 마치고 와서인지 눈 밑에 있는 다크 서클이 어젯밤보다 짙어진 상태였다.

슬슬 다른 마을에서 의사와 약이 도착할 시기이기도 하고 환자의 용태가 급변할 수도 있기에 가장 젊은 시온이 야근을 하고 있다고 들었다. 하지만 낮에도 쉬는 낌새는 거의 없었기에, 그게 일이라고는 해도 꽤 피로가 쌓인 듯하다.

그런 몸으로 선착장에서 여기까지 걸어왔으니 상당히 힘들었을 것이다. 라스벳을 찾는 것 정도는 누군가에게 부탁하면 되는데 그 역할만은 결코 양보하지 않는 것도 시온답다.

"괜찮아? 조금은 자지그래?"

자상한 목소리가 나온 것에 라스벳은 스스로도 놀랐다. 시온은 아예 뺨을 실룩거리고 있다. 옆에 있는 라스벳에게서 무슨 일을 당하는 건 아닌지 겁을 먹은 표정으로 몸을 조금 뒤로 뺀다.

실례잖아. 걱정해주었는데. 지금까지 자신이 보였던 태도는 무시한 채 라스벳도 조금 발끈한 표정을 지었다.

딱히 다른 의도는 없다는 것을 알았는지 비로소 시온은 온몸의 힘을 뺐다. 그대로 잠들어버릴 것처럼 두 팔이 추욱 늘어진다.

"말 안 해도 그럴 생각이야. 오늘은 그만 집에 돌아가봐도 좋다고 했어."

"그래? 그럼 다행이고."

"저녁부터 아침에 걸쳐 다시 당번이지만 말야. …그쪽이야말로 괜찮아?"

"나? 나는 별일 없이 잘 자고 있는데?"

"그게 아니라 그제 술 마시러 갔다며? 바나벨 씨한테서 들었어."

"뭐야. 술도 마시지 말라고 할 생각이야?"

가볍게 곁눈으로 노려보자 시온은 그게 아니라며 다시 발끈한 표정을 지었다. 그 얼굴이 조금 웃겨서 라스벳은 "농담이야" 라며 어깨로 시온을 툭 쳤다.

"딱히 별일은 없었어. 즐겁게 수다를 떨었을 뿐."

"…그럼 다행이지만."

갑자기 먼저 돌아가버린 것을 시온에게 말한 걸까? 잠시 의심했지만 곧 그건 아닐 거라고 생각했다. 그들이 시온에게 쓸데없는 걱정을 끼치거나 라스벳의 프라이버시에 간섭할 리가 없다는 건 무슨 까닭인지 무조건적으로 신뢰할 수 있었다.

이야기했다고 하면 에라일 것이다. 그녀는 라스벳의 용잡이 혐오와 아버지에 대한 것을 모두 알고 있다. 그때에는 아무렇지도 않은 얼굴을 하고 있었지만 용잡이들과 함께 가게에 온 것에 내심 놀라고 걱정했을 게 분명하다.

─그럼 숙모한테도 전해졌겠네.

알마와 에라, 도리스는 라스벳을 아직 열한 살짜리 아이처럼 생각하는 경향이 있다. 그래서 과도하게 걱정한다. 실제로 시온도 라스벳의 말에 기분이 상했으면서도 몹시 걱정스러운 표정으로 얼굴을 들여다보고 있다.

"너… 아니, 라스가 정말 괴롭다면 내가 위에다 말해볼게. 취사장에 있는 녀석들도 지난 사흘간 꽤 익숙해진 것 같으니 말야. 너… 아니, 라스가 방법만 알려준다면 그 후엔 레시피대로 어찌어찌 할 수 있어. 아마, 너… 아니, 자네 없이도 잘 돌아갈 거야."

일일이 호칭에 반응하는 것도 귀찮아져서 라스벳은 차가운 시선을 보내면서 입가를 누그러뜨렸다.

"거짓말. 어차피 못 할 거면서."

"할 수 있어!"

"상사의 말에는 무조건 따르는 게 신조인 사람이? 어떻게?"

가볍게 코웃음을 치자 이번에야말로 시온은 안색을 바꾸었다. 깔보지 말라며 전에 없이 진지한 얼굴로 말하더니, 수면 부족으로 핏발이 선 눈을 한 채 라스벳 쪽으로 몸을 돌렸다.

"내가 일하는 것은 가족을 위해서야. 그리고 너… 아니, 자네는 내 여동생이고. 동생을 괴롭게 하면서까지 상사의 말에 따를 의리는 없어."

—아, 이 얼굴은 알고 있다.

라스벳은 불현듯 떠올렸다.

아버지의 장례식이 끝난 후 수도원 방 침대에서 홀로 무릎을 끌어안고 앉아 있을 때였다. 시온은 남자 출입 금지인 그 방에 성큼성큼 들어와서 라스벳의 손을 억지로 잡았다. 그리고 어리둥절해하는 라스벳에게 딱 한마디, 이렇게 말했다.

집으로 가자.

시온과 제대로 말을 나눈 것은 그때가 처음이었다.

"…고마워."

숨을 내쉬며 라스벳이 중얼거리자 시온은 조금 표정을 누그러뜨렸다. 라스벳은 최대한 오빠가 안심할 수 있도록 밝게 미소 지어 보였다.

"걱정 마. 시온이 생각하는 만큼 나는 약하지 않으니까."

"하지만…."

"끈질기네. 괜찮다면 괜찮은 거야."

"아얏!"

힘껏 등을 치자 시온은 눈을 희번덕거리며 펄쩍 뛰었다. 라스벳은 이번에야말로 가볍게 웃었다.

"저기 말야, 그런 것보다 그 '자네'라는 거 역시 그만두지 않을래? 닭살이 돋아서 말야. 일일이 고쳐 부르는 것도 억지스러워서 왠지 불쾌하고."

"뭐…? 그쪽에서 먼저 꺼낸 말이잖아!"

"너라고 부르지 말라고 한 것뿐이야. 겉으로 정중한 척해봤자 기분 나쁠 뿐이라고."

"그럼 어떻게 해야…."

얼굴을 붉히는 시온에게 어쩔 수 없다는 듯 라스벳은 보란 듯이 한숨을 내쉬었다.

"정말 이해를 못 하네. 내가 너라고 부르지 말라고 화내는 게 어떤 때인지 알고 있어?"

"뭐…?"

"거들먹거리며 지시를 내릴 때야. 그럴 때의 '너'는 싫어. 지금 같은 때에는 너라고 해도 돼."

시온은 허를 찔린 듯 몇 번인가 눈을 깜빡이다가,

"…그렇군."

신음하듯 말했다. 정말 이해한 걸까? 반신반의했지만 뭐 상관없으려나 하고 라스벳은 쓰게 웃었다. 그리고 "힘도 세네"라며 등을 문지르는 오빠의 다리를 가볍게 걷어차주었다.

"아~아, 시온 때문에 아침의 신성한 한때가 엉망이 되고 말았네. 조금은 수호신에게 경의를 표하는 게 어때."

"신 따윈 네가 가장 안 믿는 주제에…."

"아, 지금의 '너'는 경고감이야."

"알 게 뭐야!"

"정말 못 말린다니까. 됐으니까 이제 그만 가자. 오늘 메뉴도 정해졌으니 재료를 손질해야지. 환자와 건강한 사람 모두 좋아할 만한 맛있는 요리를 만들어줄 테니까 감사하라고."

"흠. …나도 먹을 수 있나?"

"먹으면 되잖아. 하지만 그전에 깨끗이 씻고 자."

그렇게 말하고 조금 망설였지만 시온의 팔을 잡고 일어섰다.

"자, 얼른 가, 오빠."

"…응."

산을 내려갈 때까지만이야 하고 곁눈으로 노려보면서 기쁜 표정의 시온과 오랜만에 손을 잡는다. 그리고 저녁에 낼 수프의 건더기는 양파로 하기로 내심 결심했다.

위장의 상태가 좋은 사람에게는 네모지게 썬 토스트에 치즈를 얹고 기름을 부어 튀겨서 내놓을 생각이다. 밖에만 있어서 몸이 차갑게 식어버린 직원들도 분명 기뻐할 것이다. 물론 옆에서 걷는 오빠는 말할 나위도 없고.

그것은 라스벳이 지상에 있는 가족을 위해 만든 첫 번째 요리일 테니까.

◆

"역익룡?"

수프 접시에서 고개를 들고 되물은 카펠라에게 레기나는 크게 고개를 끄덕였다.

"이 마을에 전해지는 전설이래."

"역익룡이라면 날개가 거꾸로 달린 용을 말하는 거죠?"

그렇게 물은 것은 메인이었다.

"아마도. 게다가 날개가 하나뿐이래."

"날개가 하나?"

"인간에게 당해서 한쪽 날개가 움직이지 않게 되어버렸대. 그래도 거대한 몸을 공중에 계속 띄울 수 있다고 하니 대단하지? 대체 어떤 몸의 구조를 가지고 있을까? 저기, 바니, 네가 해치운 다음 나한테 해부를 맡겨주지 않을래?"

"그 용이 어디에 있는데?"

"글쎄?"

"아무리 바니 씨라도 어디 있는지 모르는 용은 해치울 수 없어."

카펠라는 웃으며 수프 접시로 시선을 되돌렸다.

칫, 시시해하며 입을 삐죽거리는 레기나를 곁눈으로 보면서 바나벨은 수프를 입으로 가져갔다. 술잔을 나눈 다음 날부터 점심이 되면 레기나는 퀸 자자 호까지 와서 당연하다는 듯 같이 식사를 하게 되었다.

"햇볕도 없어서 선선한데 바깥쪽이 더 기분 좋지 않아?"

그렇게 말하고 부엌에 있는 테이블과 의자를 멋대로 갑판으로 운반한 뒤 우아한 점심을 들기 시작했다. 카펠라와 메인도 요염한 외모와 달리 털털한 성격의 레기나가 맘에 들었는지 식탁에서는 떠들썩한 웃음이 끊이지 않았다. 덕분에 오랜만에 퀸 자자 호가 활기를 되찾은 것 같아서 바나벨은 내심 감사했다.

하지만 그 식사가 문제였다.

테이블 밑에서 바나벨은 몰래 아랫배를 쓰다듬었다. 네벨시에 온 이후로 배를 청소하는 것 외에는 몸을 움직일 일이 별로 없었고 식사는 하루에 세 번씩 자동으로 배급되었다. 많이 먹는 남자들이 죄다 입맛을 잃었기에 배분을 신경 쓸 필요도 없었고, 좀 싱겁지만 맛이 있는데다 얼마든지 먹을 수 있을 만큼 위장에 부담도 없었다. 평소엔 그렇게 많은 양을 필요로 하지 않는 바나벨도 자신도 모르게 더 먹기 위해 손을 뻗을 정도였다. 게다가 밤에는 레기나를 따라 매일 밤 〈용의 송곳니〉, 즉 에라의 가게에서 술을 마구 마셔댔다. 슬슬 뱃살이 걱정될 무렵이었다.

"그나저나 정말 맛있네, 이 수프. 요시 씨도 한입 먹고 감격하더라고. 건강해지면 이것을 만든 요리사와 꼭 이야기를 해보고 싶대."

마지막 한입을 아쉬운 듯 삼키고 카펠라가 말했다.

간 경단같이 위장에 부담 될 만한 것을 환자에게 먹여도 되는지 처음에는 의문으로 생각했지만 푹 고아내서 그런지 입에 넣기만 해도 부슬부슬 부서지고 살살 녹았다. 게다가 잡내는 전혀 없었다. 소금과 후추, 육수만으로 끓인 이 수프는 마치 맑은 샘물처럼 하늘을 덮고 있는 흰 구름을 거울처럼 반사하고 있었다.

"몸에 좋은 밀이 들어가 있어서 내장의 상태를 고르게 한다고 그러더라고."

레기나는 사양하는 기색 없이 테이블에 놓인 냄비로 손을 뻗었다. 간 경단을 두 개 담는 것을 보고 앗! 하는 표정을 짓는 카펠라와 메인에게 아직 남아 있다며 놀리듯 말했다.

"정말 그 애는 재능이 있는 것 같아. 애교가 없는 게 단점이지만 그런 고집스러운 측면도 개인적으로는 싫지 않다고 할까, 오히려 맘에 들어. 우리 배에 스카우트하고 싶을 정도야."

"단칼에 거절할 것 같은데."

"알고 있지만 데려가고 싶은 걸 어떡해! 우리 요리사는 뭐랄까, 좀 미묘해서 말이지. 맛이 없는 것은 아니지만 때때로 너무 독창적인 맛을 추구해서 말야. 모험을 하지 말고 심플한 레시피로 잘 만들어주면 좋을 텐데."

레기나는 떨떠름한 표정을 지었다.

"그런 점에서 라스의 요리는 다 먹고 나면 바로 다음 식사가 기다려질 정도지. 그러고 보니 오늘 밤은 양파 수프래. 위장 상태가 좋은 사람에게는 이 간 경단을 구워준다고도 했어. 기대되지?"

"직접 들었어?"

"그럴 리가. 눈도 마주쳐주지 않아서 시온에게서 들었어."

그렇겠지. 바나벨은 고개를 끄덕였다. 술집에서 헤어진 후로 라스벳은 완강하게 자신들과 눈도 마주치려 하지 않는다.

두 그릇째의 수프를 먹으면서 메인이 물었다.

"그보다 레기나 씨. 역익룡의 전설은 결국 뭐였나요?"

"아, 맞다. 잊고 있었네. 그것도 시온에게서 들은 이야기인데."

꽤 친해진 모양이네? 바나벨은 놀랐다. 시온은 동생에 비해 붙임성이 있긴 하지만 근무 중에 잡담을 하는 타입은 아니다. 마음속을 꿰뚫어 봤는지 레기나가 말했다.

"아침에 산책하고 있을 때 만났어. 무언가 좋은 일이 있었는지 히죽대고 있길래 지금이라면 입이 가벼울 것 같다 싶어 이것저것 물어봤지."

레기나는 평소에도 마을에 올 때마다 약국을 들여다보는 게 습관이라고 한다. 재고가 부족한 약과 붕대를 보급하는 게 가장 큰 목적이지만 지역에 따라서 걸리는 병이 다르고 들어오는 약도 다르기에 희소한 기준이 제각각인 것이다. 생각지도 못한 약을 입수하는 적도 있지만 그보다는 독자적인 조합으로 만들어진 연고 같은 약이 연구에는 빠뜨릴 수 없는 요소라고 한다. 그래서 처음 보는 것들은 되도록 입수하려 하고 있다.

"저번에 술집 아주머니가 꽃가루 알레르기 이야기를 했잖아. 그게 온 마을의 고민거리인 모양인지 콧물을 멎게 하는 데 좋은 한방 약과 진귀한 전용 약이 몇 종류나 있었어. 그때 눈에 밟혔던 게 입구에 장식되어 있던 삐죽삐죽한 잎이야. 거기에 달린 열매가 엄청 냄새가 심했거든. 박하 같지만 조금 매운 것 같은 묘한 냄새. 그래서 마을을 걸으며 살펴보니 이곳저곳의 처마에 같은 잎이 매달려 있더라고. 그게 뭔가 싶어서."

그래서 시온에게 물어본 거였군.

"얌 나무라고 하는데 일종의 부적 같은 거래. 집에 장식된 것뿐 아니라 마을 이곳저곳에 심어진 상태였어. 다만 내 키의 두 배는 될 만큼 나무가 컸고, 열매에 코를 직접 갖다대거나 으깨지 않으면 별로 냄새가 신경 쓰이지 않아서 다행이더라고."

"부적이라면 무엇에 대한?"

먹고 난 접시를 포개면서 카펠라가 물었다. 그게 아까 말한 그거야! 라며 레기나는 가늘고 긴 검지로 하늘을 가리켰다.

"역익룡. 평소엔 마을을 지켜준다고 하는데 인간이 좋지 않은 일을 하려고 하면 습격한대."

"좋지 않은 일?"

메인의 질문에 레기나는 씨익 웃었다.

"용을 잡는 것 같은 거 아닐까?"

"그럼 문제잖아요. 용으로 먹고사는 마을에는 치명적인데."

"그건 그래~. 그래서 역익룡이 공격하는 건지도 몰라. 아주 무서운 녀석이라는데 굉장히 크고 강하대. 꼬리만으로 이 마을을 다 쓸어버릴 수 있을 만큼."

"그런 용이 있다면 예전에 소문이 났을 텐데요?"

"아, 하지만 난 들어본 적 있는 것 같기도."

카펠라가 고개를 갸웃했다.

"역익인지 어떤지는 알 수 없지만, 날개가 하나뿐인 용에 대한 소문이라면 들은 적이 있어. 아무리 노련한 용잡이라도 해치울 수 없는 전설의 용이래. 하지만 그게 이 부근의 이야기였던가…?"

"그만해, 카펠라. 그런 이야기를 하고 있으면 우리 식탐꾼이 일어나버리잖아."

"아, 누구보다도 식탐이 강하다는 그 사람?"

레기나의 눈동자가 호기심으로 반짝 빛났다.

"상태는 어때? 회복도 다른 사람보다 빠를 것 같은데."

"추측하신 대로예요. 기운이 넘치고 있어서 일어나려는 것을 간신히 말리고 있는 중이죠. 아직 열은 다 내려가지 않았고 원인도 분명치 않은 이상, 밖에 내보낼 수 없는 터라."

메인은 어깨를 으쓱했다.

하지만 말투가 가벼운 것은 쓰러진 전원이 고비를 넘겼기 때문일 것이다. 닿기만 해도 화상을 입을 것같이 뜨거웠던 게 지금은 꽤 열이 내렸다. 입맛도 조금씩 돌아오고 있기에 곧 자신들이 추가로 먹을 몫은 사라지고 말 것이다. 가장 걱정이었던 것은 타키타지만 오늘 아침 일어났을 때에는 "바니 씨, 심심해요" 라고 투덜댈 정도로 회복되었다. 그리고 너무 많이 자서 허리가 아프다고도 했다. 병과 상관없는 통증을 느끼는 걸 보면 이제 안심이다. 고열의 후유증으로 두통은 계속되고 있는지 때때로 신음하지만 그래도 바나벨의 걱정은 상당히 줄었다.

이것도 다 라스벳 덕분이다.

감사를 표하고 싶은데 오늘은 만나주려나? 그렇게 생각하고 있는 것을 역시나 꿰뚫어 본 듯 레기나가 입꼬리를 치켜 올렸다.

"자, 배도 채워졌으니 이제 그만 가볼까?"

어디로? 라고는 묻지 않았다. 텅 비어버린 냄비를 들고 두 사람은 취사장이 있는 텐트로 향했다.

아쉽게도 취사장에 라스벳의 모습은 없었다.

하지만 지난 며칠간 설거지를 도와서 신용을 얻은 덕분인지 백발의 노인—모리츠라고 밝힌 그는 여느 때처럼 나무통에 앉아 차를 홀짝이고 있었지만 아마 감독을 맡고 있을 것이다―이 행선지를 가르쳐주었다.

"오늘은 시온이 쉬는 날이라 식사를 배달하러 갔다네."

그래서 지금은 라스벳의 집으로 향하고 있다.

메인의 말대로 병의 원인이 분명치 않은 이상, 마을에는 못 들어가지 않을까 싶었지만 바나벨 일행에 관해서는 증상 발현을 우려하는 사람은 없었다. 무엇보다도.

"너희들은 매일 밤 〈용의 송곳니〉에서 목욕도 하고 밥도 먹고 있잖아. 이제 와서 새삼스럽게 막을 이유가 없지."

사람들은 그렇게 말하고 웃었다. 그러고 보니 그렇군.

〈용의 송곳니〉는 높은 벽으로 둘러싸인 시내로 통하는 문을 지나 10분 정도 걸어야 하는 곳에 있다. 이미 아침에 마을 산책을 마친 레기나와 달리 그 너머로 가는 것은 바나벨로선 처음이었다. 땅에 깔려 있는 하얀 돌들은 사람들의 왕래에 의해 조금 색이 바랬지만 깨끗하게 닦여 있었다. 작은 돌과 나뭇잎 외에 눈에 띄는 쓰레기도 없었다. 햇빛은 없어도 돌바닥이 광택을 내뿜고 있는 덕분에 마을 전체가 밝아 보였다.

도중에 청소부로 보이는 남자가 꼼꼼하게 빗질을 하고 있는 것을 보고 바나벨은 새삼 좋은 마을이라고 생각했다. 빠른 지원 요청도 그렇지만 주민들 모두가 자신과 상관없는 일에도 자신의 일처럼 관심을 가져준다는 인상이었다.

―도움을 받아서 평가가 좀 너그러워졌나?

그런 생각도 들지만, 사람들의 마음이 거칠고 황폐한 마을은 발을 들여놓는 순간 무슨 까닭인지 곧바로 피부로 느껴진다. 네벨시는 햇빛이 없어도 어둡게 가라앉은 낌새가 거의 없다. 거리의 외관 때문일지도 모르겠군. 바나벨은 주위를 빙 둘러보았다. 주황색 삼 각 지붕을 올린 집이 많은 것은 햇빛을 대신하기 위해서일지도 모 른다. 창문도 마을 전체를 눈부시게 비추고 있다.

"봐, 저게 얌 나무야."

레기나가 길가에 드문드문 심어놓은 가늘고 긴 나무를 가리켰다. 조금 두껍고 단단해 보이는 잎 사이사이로 연녹색의 둥근 열매가 무수히 맺혀 있었다.

"떨어진 걸 밟으면 안 돼. 으깨지면 눈이 시릴 만큼 냄새가 지독 하니까."

"시험해봤어?"

"손가락으로. 덕분에 동료들이 질색을 하더라고. 너희들을 만나 기 전에 냄새를 지우는 게 큰일이었어."

그래서 오늘은 강한 향수를 뿌린 거였군.

"집 높이가 낮은 것은 용에게 발견되지 않기 위해서라고 해. 얌 나무 밑에 숨어 몸을 숨기려는 거지."

"그렇다면 유리창도 마을을 밝게 하기 위해서가 아니라 용을 현 혹시키기 위해서일지도 모르겠네. …그런데 그 역익룡인지 뭔지가 마지막으로 공격한 게 언제래?"

"글쎄? 적어도 시온은 본 적이 없다고 하더라고. 하지만 다른 용 이 공격한 적은 있대. 1년에 한 번 있을까 말까 한 정도라고 하지 만."

"…그럭저럭 잦은 빈도로군."

그러고 보니 처음 시온을 만났을 때 비슷한 말을 했다는 것을 떠올렸다. 난폭한 용잡이들은 용을 해치우기 위해서라면 마을이 파괴되든 말든 아랑곳하지 않았고 그게 라스벳의 혐오감을 부채질했다고 했다.

어려운 문제라고 바나벨은 생각했다.

바나벨도 딱히 폐를 끼치고 싶은 것은 아니다. 하지만 용 중에는 몸 하나로 마을을 다 덮을 수 있을 만큼 큰 녀석도 있고, 공격을 가하면 흥분해서 길길이 날뛰기에 어쩔 수 없이 마을에 피해를 입히게 되는 일도 있다. 특히 퀸 자자 호는 독화살과 스턴 랜스를 되도록 쓰지 않고 옛날부터 쓰이는 무기만으로 싸움에 임하는 일이 많기에 해치우는 데 시간이 많이 걸리는 것이다.

그렇게 말하자 레기나는,

"스턴 랜스는 비싸니 말야."

노골적으로 동정하는 빛을 눈에 띠었다. 실례잖아 하며 바나벨은 쓰게 웃었다. 확실히 퀸 자자 호는 경제적으로 풍요롭다고 할 수 없어서 경리를 맡고 있는 리는 언제나 장부를 펼친 채 머리를 감싸 쥐고 있고, 폭발의 압력에 의해 고압 전류를 발생시키는 스턴 랜스는 구조가 복잡한 만큼 다른 무기보다 가격이 비싼 고급품이다. 하지만 쓰지 않는 가장 큰 이유는 그것이 아니었다.

"고기가 맛없어지기 때문이야."

"…뭐?"

레기나는 허를 찔린 것처럼 몇 번인가 긴 속눈썹을 깜빡거렸다. 그리고 이해가 되었다는 듯 어깨를 잘게 떨기 시작했다.

"정말 너희들 배는 별나구나."

정확히는 그 남자가 별난 거지만 말야. 그렇게 생각하면서 바나벨은 "그렇지?"라며 난처한 듯 어깨를 으쓱해 보였다.

1층은 식당으로 되어 있으니까 금방 알 수 있을 걸세. 그 뒤는 바로 산이니 정말 마을 끝자락이지. 그렇게 모리츠가 말한 대로 가게를 하고 있는 게 맞나 싶을 만큼 집과 가게는 외진 곳에 있었다.

〈용의 송곳니〉를 지나 처음 Y자로에서 오른쪽으로 간 후 네 번째 샛길에서 오른쪽으로 돌아 아까의 Y자로를 다시 오른쪽으로 돌면 3차로가 나오는데, 거기서 이번엔 왼쪽으로 똑바로 가서 다섯 번째 건물이 바로 라스벳의 식당이었다. 성큼성큼 빠른 걸음으로 걸어서 30분. 덕분에 배는 많이 꺼졌다.

―그래도 인기가 있겠지.

바나벨은 곧바로 걱정을 지웠다. 제공되고 있는 것은 라스벳의 요리이다. 만약 바나벨이 마을 반대편에 살고 있다고 해도 이곳에 다닐 것이다. 그녀의 요리에는 그만한 가치가 있다.

역시 오늘은 가게를 열지 않았는지 유리문 뒤로 커튼이 쳐져 있었다. 하지만 왠지 좋은 냄새가 나는 것을 바나벨은 느꼈다. 설탕과는 다른 투명하고 달콤한 냄새.

천연 꿀의 냄새다.

"라스, 있니?"

레기나가 문을 두드려봤지만 반응은 돌아오지 않았다.

"이봐, 라스~. 라스벳~." 주위의 눈총도 생각하지 않고 계속해서 이름을 부르는 레기나를 방치한 채 바나벨은 집 주위에서 풍기는 냄새의 정체를 살폈다.

그리고 깨달았다. 옆집 흰 울타리 너머로 정원이 펼쳐져 있었다.

들여다보니 장미와 라벤더같이 바나벨도 알아볼 수 있는 꽃들뿐만 아니라 다양한 식물이 자라고 있는 게 보였다. 달콤하면서도 묘하게 머리를 맑게 하는 이 치유의 향기는 천연 조합된 것이리라. 분명 이곳이 라스벳의 정원일 거라고 바나벨은 생각했다. 향기 속에서 그녀가 꼼꼼하게 나무들을 기르고 열매와 잎을 따는 모습이 눈앞에 생생하게 떠올랐다.

"이상하네~? 없는 건가?"

허리에 손을 대고 레기나가 얼굴을 찡그린 그때, 멀리서 희미하게 계단을 내려오는 발소리가 들렸다. 그리고,

"…대체 무슨 용건인가요?"

문 뒤에 쳐진 커튼이 열리더니 불만스러운 표정의 라스벳이 얼굴을 보였다.

"음~?! 뭐야, 이거? 맛있잖아!"

텅 빈 식당에서 라스벳이 탄 허브티를 한입 마시더니 레기나가 환성을 질렀다.

"저기, 위에서 오빠가 자고 있으니까 조금 조용히 해주세요…."

"미안, 미안. 하지만 이거 정말 맛있네. 허브티는 별로 안 좋아했는데 이거라면 얼마든지 마실 수 있을 것 같아. 뭐가 들어갔어?"

"별것 없어요. 블랙베리 잎과 말린 산딸기, 그리고 뭐지? 장미였나? 아무튼 대충 넣었어요."

"대충 타도 이렇게 맛있다니. 정말 너 우리 배에 안 올래? 그게 무리라면 나한테 이 차를 팔아줘. 자기 전에 마시면 피부에 좋을 것 같아. 하늘 위에서는 술에 취할 수도 없으니 여러 가지 홍차를 모아

서 마시는 게 내 유일한 즐거움이야. 응? 부탁할게."

"하지만 이건 파는 물건이 아닌데…."

"음, 그럼 재료를 가르쳐줄래? 하지만 역시 그건 비밀이겠지? 레시피는 간단히 누설할 수 없을 테니."

"아뇨, 아까도 말했다시피 적당히 탄 거라서…."

레기나의 기세에 당황하면서 라스벳은 한숨을 쉬었다.

"…그렇게 맘에 들었다면 드릴게요. 돈은 필요 없어요. 제가 마시려고 만든 거라 그렇게 많지는 않지만 나중에 배로 갖다드리죠."

"뭐? 정말? 그래도 돼?"

"하지만 그렇게 안 하면 계속 끈질기게 매달릴 거 아녜요."

"기뻐! 고마워, 라스! 넌 정말 좋은 애구나!"

"꺅!"

레기나가 기세 좋게 껴안자 라스벳은 눈을 희번덕거렸다. 갑자기 쳐들어와 차를 타게 하고 물품을 강취한다… 한 일만 보면 완전히 강도로군. 그 광경을 지켜보던 바나벨은 용잡이에 대한 인상이 더 악화되는 것은 아닐까 걱정했지만, 라스벳의 표정에서 곤혹스러움은 보여도 혐오나 분노는 보이지 않는 게 그나마 다행이었다.

레기나 님이라면 어쩔 수 없다고 생각하고 있는 것일지도 모른다. 바나벨도 지난 며칠간 레기나를 상대하면서 거역해봤자 소용없다는 것을 배웠지만 무슨 까닭인지 그것을 용인하게 되는 애교가 그녀에게는 있었다.

"아, 하지만 돈은 내고 싶어. 현금이 필요 없다면, 음… 내가 가지고 있는 진귀한 향목과 교환하는 건 어때? 용연향(龍涎香)에 사향과 자스민 향유가 섞여 있는데 천연물이라 그렇게 향기는 진하지

않아서 너한테 딱 맞을 거라 생각해. 맘에 안 들면 다른 것도 있으니까 배에 냄새를 맡으러 와."

"아… 저기… 고마워요…."

압도되면서 라스벳은 바나벨을 힐끔힐끔 살폈다.

"…저기, 당신도 필요한가요? 허브티…."

"고마워. 폐가 안 되면 받고 싶어."

"네." 그렇게 말하고 나서 라스벳은 고개를 숙인 채 포트에 물을 추가하기 위해 조리장으로 돌아갔다. 빨개진 귀로 보건대 쑥스러운 모양이다. 바나벨은 레기나와 시선을 교환했다. 아무래도 미움을 받은 것은 아닌 모양이다.

―저 아이의 아버지는 포룡선을 타고 있었어.

〈용의 송곳니〉에서 에라가 가르쳐주었다. 문제를 일으켜서 쫓겨난 후 실의에 빠져 쇠약해졌다가 목숨을 잃었다는 것도. 문제라는 게 무엇인지는 알 수 없지만 라스벳의 아버지가 손가락질을 받을 만한 짓을 했을 리 없다고 에라는 믿고 있었다. 그렇지 않으면 라스벳같이 착한 아이는 자라지 않는다면서.

바나벨과 레기나는 모호한 얼굴로 수긍했다.

유감스럽게도 부모의 성격이 자식에게 반드시 유전되는 것만은 아니라는 것을 두 사람은 잘 알고 있었고, 좋은 사람이라고 해서 나쁜 짓을 하지 않는 것도 아니었다.

하지만 용잡이들 중에는 지상에서 살아갈 수 없는 죄를 저지른 사람도 있고, 애초에 성격이 거친 사람도 적지 않았다. 그래서 불합리한 일을 당했을 가능성은 있었고, 그렇다면 라스벳의 용잡이 혐오도 이해가 안 되는 것은 아니다. 하지만 그녀들로선 전모를 알 수 없었고 캐물을 생각도 없었다. 그저 알 수 있는 것은 에라의 말대로 라스벳이 착한 아이라는 것뿐이었다.

"나한테는 여동생이 있었어."

길을 걸으면서 레기나는 말했다.

"살아 있다면 딱 그 아이 또래일 거야. 그래서 왠지 더 마음이 가는 것 같아."

그 이상은 아무 말도 하지 않았다.

바나벨에게 형제자매는 없다. 배다른 형제라면 있지만 만난 적도 없고 흥미도 없다. 흥미가 있는 것은 자신의 가족뿐이었고 퀸 자자호를 탈 때까지는 자신이 살아남는 것 외에는 생각하지 않았다. 하지만 레기나처럼 알기 쉬운 이유도 없는데 라스벳에게 마음이 쓰이는 것은 다른 사람의 온기를 알아버렸기 때문일 거라고 생각한다. 아니면 언제나 발랄한 타키타가 가까운 곳에 있는 탓에, 나이가 비슷한 그녀에게서 힐끗힐끗 보이는 어두운 그림자가 마음에 걸렸던 걸까?

—아마 아닐 것이다.

왠지 바나벨과 비슷한 것이다.

라스벳의 눈동자에 깃든 희미한 고독이. 그렇게나 사랑해주는 오빠가 곁에 있음에도 지울 수 없는 불신의 색채가. 과거의 바나벨과 어딘지 겹쳐 보이는 것이다.

라스벳의 과거는 알 수 없다. 알고 싶다고도 별로 생각하지 않는다. 하지만 직감적으로 바나벨은 그녀의 무언가에 끌리고 있었다. 이유는 모르겠다. 그렇다고 그녀에게 무언가를 딱히 해주고 싶은 것은 아니지만 마음에 걸리는 건 사실이었다.

"많이 기다리셨습니다. 허브티랑… 그리고 봐주셨으면 하는 게 있어요. 아버지가 남긴 건데요."

김이 피어오르는 주전자와 함께 라스벳이 테이블 위에 낡은 노트를 내려놓았다. 둥그스름한 글자로 빼곡히 적혀 있는 것은 아무래도 요리 레시피로 보였다.

화이트소스를 만드는 법, 두꺼운 고기를 맛있게 굽는 법, 황금색 육수를 만드는 법 등 요리를 만드는 기본적인 방법에 이어 미트로프, 파테 드 캉파뉴, 모래주머니 콩피, 간 페이스트 등의 제법이 쭉 이어졌다.

그 사이사이에 〈레일라가 맛있다고 해줌〉, 〈레일라는 연골의 식감을 좋아하니 있으면 꼭 넣을 것〉 등의 메모가 적혀 있다.

"레일라는 어머니 이름이에요. 일지 대신 쓰기도 하신 모양이라. …제가 궁금한 건 이 부분이에요."

라스벳이 가리킨 부분을 바나벨과 레기나는 들여다보았다.

〈위장의 점액에서 달콤한 냄새. 점성이 통상의 것보다 강함. 만약을 위해 맛을 보고 상태를 봤지만 1주일 후에도 이상 없었음.〉

이게 뭐라는 거지? 그렇게 생각하며 고개를 들어보니 라스벳은 미간에 깊은 주름을 잡으며 노트를 노려보고 있었다.

"…이 2주일 후였어요. 아버지의 요리를 먹은 사람들이 모두 식중독에 걸린 것은."

내뱉듯 라스벳이 말하자 바나벨과 레기나는 무의식적으로 자세를 바로잡았다.

"전에 레기나 씨는 말하셨어요. 식재가 상한 게 아니라 애초에 독성이 있는 것을 먹은 게 아닐까 하고요. 하지만 평소와 다른 것은 먹지 않았다고 하셨죠?"

"…그래. 그렇게 말했었지."

"그래서 전 생각했어요. 혹시 당연하게 먹고 있는 것이… 가령 용 고기가 무언가의 이유로 변질되었다면? 그것을 겉모습과 맛만으로는 눈치채지 못했다면 어떻게 될까 하고."

가령 용이 병에 걸렸다고 하면.

건전하지 않은 상태의 고기를 먹었다고 하면.

라스벳은 빠른 어조로 단숨에 말했다.

"혈액, 점액, 그리고 소화액. …하이룬그 님의 가르침이에요. 그 세 개가 정상이면 인간은 건강할 수 있다고 해요. 용도 마찬가지 아닐까요? 점액이 통상과 달랐던 용은 무언가의 질환에 걸렸던 거예요. 아버지는 그것을 깨닫지 못하고 자신이 먹어보니 괜찮았기에 방심하고 사람들에게 먹였던 거죠. 그래서…."

"진정해, 라스!"

레기나는 일갈하며 라스벳의 어깨를 붙잡았다. 흠칫 정신을 차린 듯 라스벳은 천천히 눈을 깜빡거렸다.

"아… 저기, 전…."

"숨을 들이마셔."

바나벨의 말에 라스벳은 창백한 것을 넘어 새하얘진 얼굴을 그녀에게 돌렸다. 시선을 마주치고 바나벨은 다시 한번 "숨을 들이마셔"라고 되풀이했다.

라스벳은 떨리는 입술을 작게 벌렸다. 색을 칠하지 않아도 연분홍색을 띠고 있던 입술에서 완전히 핏기가 사라진 상태였다.

"천천히, 크게 들이마시고 다시 뱉는 거야."

어떤 때에도 흔들리지 않는 바나벨의 목소리에 따라 라스벳은 심호흡을 되풀이했다. 뺨에 약간 홍조가 돌아온 것을 보고 바나벨과 레기나도 안도의 한숨을 내쉬었다.

　"…방금 네가 한 말은 모두 억측이야. 증거는 없어."

　그렇게 말하고 레기나는 라스벳을 앉힌 후 가녀린 어깨를 끌어안았다. 바나벨이 따라준 허브티를 라스벳은 떨리는 손으로 받아 들었다.

　하지만 입을 대도 마시지는 못하고 이를 악물었다. 피어오르는 김이 그녀의 눈동자를 적셨다.

　울음을 참으려는 듯 콧구멍이 부풀어 올랐고 욱 하는 오열과도 같은 숨이 잇새로 흘러나왔다.

　레기나는 라스벳의 등을 자상하게 쓰다듬으면서 말을 이었다.

　"그래. …증거는 없어. 네 아버지에 관해서는."

　그것은 혼잣말처럼 흐리멍덩한 말투였다.

　라스벳이 그 얼굴을 올려다보자 레기나는 생각을 더듬듯 하늘을 노려보았다.

　"저기, 바니. 저번에 손질한 용고기는 아직 처분하지 않았지?"

　"응. 마을 직원이 가져갔지만 다른 마을에서 의사가 도착하면 만약을 위해 조사해본다고 했으니까 아마도."

　말하면서 바나벨은 이해했다는 듯 미소를 지었다.

　"확인하러 간다는 거지?"

　설명은 없어도 상황을 이해한 바나벨에게 레기나는 환희에 찬 미소를 지었다. 그래서 너를 좋아하는 거야 하며 강하게 고개를 끄덕인다.

"억측이라고 흘려 넘기기에는 타당한 점이 너무 많아. 라스, 어쩌면 넌 대단한 발견을 한 것일지도 몰라."

흥분해서 다가오는 레기나에게 라스벳은 역시 곤혹스러워하며 약간 젖은 눈동자로 바라보고 있었다.

제 5 화

맛있을 것 같은 냄새가 나는 듯해 미카는 이불 속에서 코를 벌름 거렸다.

선실 창에서 빛이 들어오지는 않지만 그래도 저번에 일어났을 때 보다는 살짝 더 밝다. 점심을 지났을 무렵 정도로 추측한다.

얼마나 잠들어 있었던 걸까. 머릿속이 차갑고 배 안에서 못을 박고 있는 듯한 통증도 사라지지 않는다. 열도 꽤 내려갔을 텐데 몸을 일으키는 것조차 버겁다. 용잡이가 된 지 얼마 안 되었을 무렵에는 판단을 잘못해서 용의 꼬리로 돌격하기도 했고, 착지에 실패해서 움직일 수 없을 정도의 부상을 입은 적도 있긴 하지만, 퀸 자자 호를 탄 이후로는 감기 한 번 걸려본 기억이 없기에 방심하고 있었다. 병에 걸리면 몸이 마음처럼 움직이지 않는다는 것조차 잊고 있었다.

다행인지 불행인지 처음 발열로 쓰러졌을 때부터 정신만은 꿋꿋하게 버텨주고 있었다. 버틸 생각으로 있었다고 하는 편이 옳을지도 모른다. 꿈과 현실 사이를 오락가락한 탓인지 식사를 가져왔을 때 외엔 의식이 허공에 붕 떠 있었다. 그래도, 아니, 그래서인지 용의 낌새만은 여느 때 이상으로 강하게 느낄 수 있었다. 혼자서 용을 사냥하려 했던 바나벨에게 가세할 수 있었던 것도 그 덕분이다.

그 뒤에는 배에 방치된 용 냄새를 감지하면서 먹어주지 못하는 게 몹시 안타까웠다. 육지에 도착했다고 메인이 알리러 온 지 얼마 안 되어 냄새가 약해졌으니까 남자들의 도움 없이 어찌어찌 손질을 끝마친 모양이다. 먹고 싶었군. 미카는 머릿속에 상대했던 용의 모습을 떠올렸다. 화가처럼 아름다운 그림은 그릴 수 없지만 미카의 머릿속에 그려지고 있는 것을 그대로 재현할 수 있다면 비늘의 광채부터 발톱의 형상까지 정교하고 선명하게 기억하고 있다는 것에 다들 놀랄 것이다. 그렇게나 자유자재로 꼬리를 휘두를 수 있었던 걸 보면 단백질이 풍부하고 싱싱한 고기가 안에 꽉 차 있을 게 분명하다. 정말 맛있었을 텐데. 미카는 군침을 삼켰다. 위장에 부담을 주면 곧바로 비명을 지를 만한 상황임에도 입맛은 사라지지 않는다. 아마 용의 낌새가 다시 접근했기 때문일 거라고 생각한다.

냄새가 나는 것이다. 그것은 비가 내린 후에 숲 속에서 풍기는 맑은 공기의 달콤함과 비슷했다. 그리고 나무 뒤에서 사냥감을 노리고 있는 용맹한 짐승의 흥분과도.

어디에 있는 거지? 미카는 신경을 가다듬었다. 나른함과 공복 때문에 여느 때처럼 잘 포착이 되지 않는 낌새를 오감만으로 살펴간다. 그러는 사이에 어느 틈엔가 잠에 빠지고 말았다.

다음에 눈을 뜬 것은 좀 더 명확한, 위장을 자극하는 냄새를 맡았을 때였다.

"너는 정말 눈치, 아니, 코치가 빠르구나."

쓰게 웃으면서 쟁반을 가져온 것은 요시였다.

"그거, 아까 먹은 간 요리인가?"

"정답. 남은 걸 데운 거야. 먹을 수 있어? 라고 묻는 것은 어리석은 질문이겠군."

미카는 잠에 들기 전보다 조금 가벼워진 몸을 일으켰다. 거의 다 회복된 것 같아서 입꼬리를 올린다. 겨울잠을 자는 곰처럼 이불을 덮고 계속 잠들어 있으면 금방 달릴 수 있게 될 것이다.

"너는 제법 괜찮아 보이네? 먼저 쓰러진 바다킨은 아직 입맛도 다 안 돌아왔는데 말야."

그렇게 말하고 요시는 미카 위쪽에서 잠든 바다킨을 올려다보았다. 너무 조용했기에 없는 것으로 착각할 뻔했지만 귀를 기울여보니 얕은 숨소리가 들려온다.

"뭐, 미카가 먹지 못하면 불안해지니까 고맙지만 말야." 그렇게 말하고 내민 접시를 미카가 받아 들자 요시는 바닥에 책상다리를 하고 앉아 자신의 수프에 코가 닿을 만큼 얼굴을 바짝 붙이고 숨을 한껏 들이마셨다. 흉내를 낼 생각은 없었지만 미카도 자연스럽게 같은 행동을 하고 말았다. 네벨시에 도착한 뒤로 자고 있기만 했던 미카에게 제공된 식사는 모두 위장에 좋고, 그러면서도 힘이 넘치고 있어서 미카는 내심 감복하고 있었다.

"나중에 요리사를 소개해줄 거야. 바니와 친해진 것 같으니."

"헤에?"

누군가와 친해지는 일이 별로 없을 것 같은 그녀는 언제나 담담한 표정을 짓고 있다. 그래도 타키타와는 거리가 가깝다고 할까, 의외로 좋은 콤비였다. 그렇게 생각하면 요리사는 여자일지도 모르겠다고 추측했다. 그녀는 친해질지 어떨지를 성별이나 직함으로 판단하지는 않겠지만 왠지 그런 느낌이 든다.

"레시피를 꼭 배워두도록 해. 수프 맛도 좋은데다 이 간 경단은 구워서 먹어도 맛있을 거야."

"그래, 밤에는 구운 것을 가져다준대. 페이스트로 만들어서 바게트에 발라 먹어도 맛있겠지."

꼬르륵 소리를 내는 미카의 배를 보고 요시는 어깨를 들썩였다.

"이런 때에도 변함없는 너의 위장이 지금은 믿음직하네. 기억나? 몇 번이고 일어나려 했다가 카펠라랑 다른 사람에게 저지당한 것을."

"뭐? 난 계속 자고만 있었다고 생각했는데."

"무의식적으로도 가만히 있지 못하다니 정말 못 말리는 녀석이라니까."

웃은 탓인지 요시의 뺨이 붉게 물드는 것을 보고 완전히 다 나은 것 같구나 싶어 미카도 입꼬리를 올렸다.

책임감이 강한 탓에 자신이 모두를 이 꼴로 만들고 말았다며 죄책감을 품고 있었을 게 분명하다. 병의 후유증 때문이 아닌 어두운 그늘이, 일어났을 당시엔 눈동자에 드리워 있었다. 이 배 말고도 환자가 나온 배가 또 있다는 것, 하늘에 정체를 알 수 없는 병이 만연해 있을 가능성이 있다는 것, 의사조차 원인을 단정하지 못하고 있다는 것 등을 카펠라가 끈질기게 설명해준 덕분인지 지금은 심신모두 생기를 되찾은 듯, 제일 먼저 쓰러진 덕분에 회복이 빨랐던 깁스와 함께 무리 없는 범위에서 선실을 돌고 있다. 땀투성이 시트를 회수하거나 몸을 닦을 수건을 가져다준다든지 하며 정성스럽게. 좀더 쉬라는 바나벨에게 요리를 못 해서 한가하다고 대답하는 목소리를 잠결에 들은 바 있다.

"병에 걸린 정도로는 사람의 바탕은 그리 쉽게 변하지 않아."

그렇게 말하고 미카는 숟가락을 입에 문 채 어깨를 으쓱했다.

"그리고 배가 아플 때마다 입맛을 잃는다면 살아갈 수 없고 말이지."

음식을 입에 물고 말하는 미카의 모습에 칠칠치 못하다며 요시는 눈살을 찌푸렸다. 하지만 "그도 그렇네"라고 대답하는 그 눈은 부드러웠다.

그러고 보니 용에게서 부상을 입고 위축되는 바람에 졌다는 말을 들은 적이 있다. 걸쭉해진 간을 혀로 맛보며 떠올렸다. 인간은 약하고 하찮은 존재이다. 다치지 않는 건 애초에 불가능하다. 그러니까 부상을 겁내지 마라. 부상을 입어도 당연하다는 듯 짊어지고 살아라. 포룡의 기본을 가르쳐준 남자가 미카의 팔에 붕대를 감으면서 한 그 말을 미카는 아직도 가슴속에 새겨두고 있었다.

역시 좀 약해진 상태인 건가? 그렇게 생각하며 수프의 마지막 한 방울까지 들이켠다. 평소엔 그의 얼굴조차 떠올린 적 없는데 자신답지 않은 모습에 조바심이 난다.

"그래서 결국 식중독의 원인은 아직 모르는 거야?"

"그런 모양이야. 이대로 가면 해명되기 전에 모두 회복되고 말 것 같다고 시온 씨가 투덜대더라고. 아, 시온 씨라는 건 네벨시의 안내인이야."

"회복되면 좋은 거잖아. 투덜댈 일이 뭐가 있는데?"

"그건 그렇지만 뱃사람들은 성격이 급하니까 괜찮아지면 바로 떠나버릴 거 아냐. 이렇게 동시다발적으로 발생한 병에 아무런 대책도 세우지 않고 우리들을 하늘로 돌려보내는 것은 피하고 싶은 모양이야."

"뭐 그건 그런가. …그렇다면 얼마 동안은 여기에 묶여 있겠군. 확실히 그건 좀 그렇네."

"하늘로 나가지 않으면 돈을 벌 수도 없으니 말야. 일단 식사는 무상인 듯하지만 그것도 언제까지 보장될지 알 수 없어. 모처럼 잡은 용도 회수당했고 말이지. 그래서 리가 아픈 배를 부여잡고 필사적으로 주판을 튕기고 있어."

텅 빈 접시를 아쉬운 듯 뒤집으면서 미카는 입을 일그러뜨렸다. 체감상 앞으로 이틀이면 완치될 것 같다. 순간순간 표정을 바꾸는 하늘 위라면 모를까, 지상에서 계속 갇혀 있는 것을 견딜 수 있을지 미카로선 솔직히 자신이 없었다.

"오, 요시. 여기 있었나."

거친 발소리가 다가오나 싶더니 깁스가 반쯤 열린 문을 통해 얼굴을 내밀었다. 퀸 자자 호에서 가장 덩치가 큰 그이지만 역시 며칠간 드러누워 있어서 그런지 근육이 꽤 줄어든 것처럼 보였다. 미카가 들고 있는 접시를 보고 쓴웃음인지 안도인지 알 수 없는 표정을 짓다가 갑판 쪽을 엄지로 가리켰다.

"시온이 왔어. 어쩌면 요시에게 요리사로서의 의견을 묻게 될지도 모른다는군."

"의견? 나의?"

요시가 눈을 휘둥글게 떴다.

"용고기에 문제가 있었을지도 모른다고 해. 부위가 안 좋았던 건지, 무언가의 원인으로 고기 자체가 변질되었던 건지는 잘 모르는 모양이지만."

"모호하네." 요시가 고개를 갸웃했다.

"시온도 말하면서 고개를 갸우뚱거리더군. 녀석도 뭐가 뭔지 모르는 눈치였어. 전언 게임처럼 말이지."

"알았어. 일단 이야기를 들어볼게."

영차 하고 일어난 요시는 미카의 접시를 회수하기 위해 손을 뻗었다. 하지만 미카는 접시 바닥을 물끄러미 내려다본 채 움직이지 않았다.

"뭐해? 미카. 그렇게 들여다봤자 구멍은 뚫릴지 몰라도 요리는 새로 생겨나지 않는다고."

놀리는 말투로 깁스가 말했다. 대답 없이 꼼짝도 않는 미카의 모습에 깁스와 요시는 서로 얼굴을 쳐다보았다.

"이봐, 미카…."

"부위." 갑자기 미카는 중얼거렸다. 그리고 비로소 고개를 들고 확인하듯 두 사람을 보았다.

"그러고 보니 우리끼리만 먹은 부위가 있었지?"

미카의 말에 두 사람은 눈을 깜빡거렸다. 그런 게 있었나? 하고 의아하다는 표정을 짓다가 동시에 아! 하고 소리쳤다.

"그러고 보니 분명 타키타도 먹었을 거야." 깁스가 말했다.

"음? …혹시 그거 말인가?" 요시는 입에 손을 댔다.

"그 시온인가 하는 녀석에게 말하는 편이 좋지 않아?"

미카의 말에 요시는 접시를 회수하는 것도 잊고 허둥지둥 방에서 나갔다. 기분 탓인지 그 뺨은 아까보다 붉게 물들어 있었다. 쿵쾅거리는 발소리를 내며 뒤를 쫓아가는 깁스를 쳐다보다가 미카는 문득 코를 벌름거렸다.

또다. —또 맛있을 것 같은 냄새가 난다. 수프의 잔향이 아니다.

본능적으로 고양되게 만드는 여느 때의 그 냄새.

용이 다가오고 있다. 꿈결에 느꼈던 낌새의 접근을 미카는 이번에야말로 확신했다.

◆

바나벨 일행이 안내된 곳은 차갑고 건조한 넓은 차고였다. 평소엔 네벨시 제일의 자산가가 비행선을 정박시켜두고 있는 모양이지만 지금은 회수한 식재가 비행선별로 보관되어 있다.

"이곳 외에는 적당한 장소가 없었어요. 상당한 양이었으니 말이죠."

설명해준 것은 딜크라는 이름의 젊은 의사였다. 조리장에서 점심을 먹던 도중에 호출되었음에도 흔쾌히 이곳까지 안내해주었다.

"사정을 이야기하니 흔쾌히 빌려주셨습니다. 그제쯤 선착장 한구석에 휘황찬란한 비행선이 추가되었잖아요. 그겁니다."

"아, 그…."

요상한 취향의 배 말이지? 라고 하려던 말을 바나벨은 꿀꺽 삼켰다. 딜크는 알고 있다는 듯 의미심장한 시선을 던졌다.

"근본은 좋은 사람이에요. 센스는 둘째치고."

그것과 똑같은 평가가 다름 아닌 딜크에게도 적용된다는 말을 아까 들었었지. 그렇게 생각하며 옆에 있는 라스벳을 곁눈으로 살핀다. 시온에게 용을 검사하게 해달라고 부탁하자 자신은 바빠서 안되고, 대신 보관을 담당하고 있는 의사를 소개해준 것이다. 조금 별난 성격이지만 근본은 좋은 사람입니다. 밖에서 온 손님에게는 예의도 차려주고 말이죠. 그런 시온의 말을 듣다가 라스벳의 입매가 일그러지는 것을 보았다. 딜크를 기다리는 동안 어떤 사람이냐고 라스벳에게 묻자 풋워크는 가벼운 사람이에요 하는 어딘지 모호한 대답이 돌아왔다.

라스벳에 따르면 딜크는 마을에서 가장 신뢰받는 노의사의 제자라고 한다. 노의사는 여든을 넘은 나이였기에 왕진이 필요한 경우와 긴급 시에는 딜크가 달려가는 경우가 많다고 한다. 싫은 얼굴 하나 하지 않고 시내를 내달리는 그에게 다들 감사했지만 가능하면 노의사가 직접 봐줬으면 한다는 게 대다수의 본심인 듯했다.

"솜씨는 분명하지만 행실이 좀…. 술집에만 붙어 있는 방탕한 인물은 믿을 수 없다며 나이가 있는 사람일수록 싫어해요. 큰 도시에 있는 대학에서 연구를 하고 있다가 고향에 의사가 부족한 것을 알고 돌아온 걸 보면 애향심은 강한 사람인 것 같은데 말이죠."

최대한 담담하게 이야기하려고 하는 노력은 느껴졌지만 말을 하면 할수록 라스벳의 얼굴은 점점 굳어갔다. 시선으로 묻자 조금 전까지 눈물을 머금고 있었던 게 거짓말처럼 사나운 말투로 내뱉었다.

"여성에게는 특별히 더 친절하기에 안 좋은 소문과 싸움이 끊이지 않아요."

"너는 그런 남자를 특히 더 싫어한다고 했으니 말이지."

놀리듯 레기나가 말하자 라스벳의 얼굴은 더욱 일그러졌다.

"저랑 상관없는 곳에서는 뭘 하든 상관없지만, 오빠와 같은 계급인 탓인지 과도하게 아는 척을 해대서 성가시기 짝이 없어요. 옛날부터."

그 말처럼 긴 앞머리를 나부끼며 등장한 딜크는 라스벳을 발견하자마자 사람 좋아 보이는 미소를 더 크게 지으며 팔랑팔랑 가볍게 손을 흔들었다. 꼬시려 한다기보다 친근한 여성에게는 언제나 같은 태도를 취하고 있다는 것을 알 수 있는 태도였다. 바나벨과 레기나에게는 차고로 안내하는 지금도 사무적인 태도로 일관하고 있는 것에 호감이 가지만 조금이라도 거리가 좁혀지면 바로 친근한 태도를 취할 것 같은 경박함이 언뜻언뜻 내비친다.

"별로 싫어하는 타입은 아니지만 말야."

레기나는 말했다. 바나벨도 이의는 없었다. 뒤집어서 말하면 이쪽이 허용하지 않는 한 적당한 거리를 유지한다는 말이니까.

"그나저나 놀랐습니다. 라스벳이 용잡이분들과 협력하고 있다니. 요리를 거들고 있다고는 들었지만요."

말은 바나벨 일행에게 하고 있지만 딜크의 시선은 라스벳에게 쏟아지고 있었다.

"그녀가 만드는 요리는 네벨 제일이니 말이죠. 여러분이 순조롭게 회복되고 있는 것도 라스벳 덕분이라는 소문이 마을 전체에 자자하죠."

"…아, 그래?"

라스벳의 무뚝뚝함은 시온에게 하는 것 이상으로 노골적이었다. 어린애 같다고도 할 수 있는 그 태도에 레기나가 참지 못하고 웃음을 터뜨리자 차가운 시선은 그녀 쪽으로 향했다. 얼굴에 드러내지 않기를 잘했군. 바나벨은 내심 생각했다. 정작 딜크 본인은 신경 쓰지 않는 듯, 차고에 쌓여 있는 식재 더미를 손바닥으로 가리켰다.

"자, 대충 점검이 끝났으니 자유롭게 확인해보세요. 유독 가스가 발생하는 것도 아니니 다가가서 만져봐도 문제는 없을 겁니다. 가능한 범위 내에서 최대한 꼼꼼하게 점검해봤지만 보관되어 있는 것에 대해서는 별 이상이 발견되지 않았군요."

"그야 그렇겠지."

레기나의 말에 딜크는 한쪽 눈썹을 작게 치떴다. 아, 미안해하며 레기나는 그를 흉내 내듯 팔랑팔랑 한 손을 흔들어 보였다.

"너를 얕봐서 한 말이 아니라, 우리 배에도 최소한의 설비는 갖춰져 있거든. 명백한 이상이 있었다면 우리가 먼저 발견했을 거야."

"그렇군요."

그렇다면 왜 여기에 온 거냐는 의문이 딜크의 얼굴에 떠올랐다.

"저희들의 견해로선 이것들이 문제가 없는 것은 신선할 때 회수한 덕분이고, 여러분의 배 속으로 이미 들어가버린 식량은 배의 나쁜 위생 상태와 보존 상태 때문에 상해서 그런 거라고 생각합니다만."

"그렇지 않을 가능성이 있으니까 우리들이 이곳에 온 거야."

"어떤 가능성이죠?"

"가령 전례가 없는 병이 용에게 발생했다든지 하는 것."

딜크는 허를 찔린 듯 한순간 침묵했다.

"…진심입니까?"

"그래. 모처럼 라스가 준 힌트를 어떻게 간과할 수 있겠어."

"라스가요?"

식량 점검을 하게 해달라는 말밖에 듣지 못한 딜크는 의외라는 듯한 표정으로 다시 그녀를 보았다. 라스벳은 눈살을 더 찌푸리며 아버지의 노트를 안고 있는 팔에 힘을 주었다.

레기나는 언제나 휴대하고 다니는 듯한 의료용 장갑을 끼더니 며칠 전에 자신이 손질한 용을 부위별로 보관하고 있는 상자 앞에 웅크려 앉아 우선 위장부터 찾기 시작했다. 점액을 손끝으로 채취해 문질러보고 "확실히 여느 때보다 점성이 더 강한 것 같다는 느낌이긴 하네"라며 진지한 얼굴로 말한 후, 코를 바짝 붙였다. 뾰족하고 높은 코가 위장에 달라붙을 만큼 접근하더니 킁킁, 처음에는 작게, 그리고 점차 심호흡을 하듯 크게 냄새를 맡기 시작했다.

"…달콤하다면 달콤하지만."

바나벨도 그 옆에 웅크려 앉아 흘러내린 머리카락이 닿지 않도록 왼손으로 억누르며 마찬가지로 점액을 만져보고 냄새를 맡았다. 확실히 끈적거렸고 달콤하다고 말할 수 없는 것도 아니었지만 평소에 맡았던 냄새와 무엇이 다른지, 꼼꼼하게 확인해본 적 없는 바나벨은 알 길이 없었다. 평소엔 출하된 용고기, 혹은 기름밖에 접하지 못한 딜크도 마찬가지였기에 두 사람은 함께 고개를 갸웃거렸다.

"뭘 멀뚱멀뚱 보고만 있는 거야? 라스벳, 너도 얼른 확인해봐."

레기나의 말에 라스벳이 흠칫 몸을 떨었다. 겁을 집어먹은 기색을 숨기려고 하지 않는 라스벳을 레기나는 용납하지 않았다.

"네가 먼저 주장한 거잖아. 진실을 알고 싶지 않은 거야?"

날카로운 말투에 라스벳은 더욱 쩔쩔맸다.

하지만 머뭇거린 것은 잠시였고 이를 악물듯 입술을 일자로 다물더니 노트를 안은 채 레기나에게 달려갔다. 창백한 얼굴로 우선은 색깔과 모양을 확인하듯 위장을 살피다가 이어서 코를 갖다대는 그 옆모습을 바나벨은 지켜보았다. 이윽고 라스벳은 "…산 냄새"라고 작게 중얼거렸다.

"산?"

세 사람의 목소리가 겹쳐졌다. 라스벳은 머뭇머뭇, 하지만 망설임 없는 태도로 고개를 끄덕였다.

"달콤하다고 해도 좋을지 모르겠지만, 산을… 나무들 사이를 걸을 때 풍기는 맑은 공기와 비슷한 냄새가 나요. 희미하게 그런 느낌이 드는 정도지만."

"꽃향기에 가깝다는 말이려나?"

달콤하다는 말에 그것이 연상되었는지 딜크가 묻자, 라스벳은 고개를 저었다.

"꿀보다는 수액에 가까운 느낌이 들어. 그게 용에게 특이한 것인지, 흔한 것인지는 알 수 없지만."

일단 입을 다물고 나서 라스벳은 망설이듯 "하지만" 이라고 말했다.

"조리할 때 상한 걸 확인하기 위해 냄새에는 각별히 신경을 쓰는데 이런 냄새는 맡아본 적 없는 것 같아요."

레기나의 눈동자가 반짝 빛났다. 흐음 하고 숨을 내쉬더니 장갑을 벗고 더 꼼꼼하게 감촉과 냄새를 확인한다.

그 옆에서 바나벨은 이번엔 눈을 감고 냄새를 들이마셔보았다. 역시 듣고 보니 그런 것 같다 정도로밖에 알 수 없었다. 대신 이 용을 잡았을 때의 기억을 떠올렸다. 무지갯빛으로 빛나며 긴 꼬리를 휘두르고 있던 그 용. 쇠 냄새와 함께 눅눅하고 시큼한 냄새를 함께 내뿜고 있던 그 몸속에서 이렇게 숲을 연상시키는 달콤한 냄새가 나고 있었다고 생각하니 불가사의한 감동과도 같은 충격이 마음을 흔들었다.

미카라면 눈치챌 수도 있지 않을까?

바나벨은 용고기 더미를 돌아보았다. 이중 일부라도 좋으니까 배로 가져갈 수 없을까? 라스벳의 아버지도 눈치챘으니 어쩌면 요시도 알 수 있을지 모른다. 고개를 들어보니 라스벳과 레기나는 이미 바나벨의 곁에 없었다. 퀸 자자 호 이외의 식량을, 용을 중심으로 확인하고 있다. 그리고 이윽고,

"모든 용에서 같은 냄새가 나요."

라스벳은 선언했다. 목소리는 가늘었지만 그곳에는 요리사로서의 자부와 확신이 배어나왔다.

"수액과 비슷한지 어떤지 나로선 알 수 없지만 같다는 점에선 동의해."

진지한 얼굴로 레기나도 고개를 끄덕였다.

"용의 체내 구조는 대개 비슷비슷하지만 개체에 따라 다른 부분도 많아. 먹은 것에 따라 분비액과 그 냄새도 다를 텐데… 모두 똑같은 냄새가 난다는 것은 확실히 조금 이상할지도 모르겠어."

"조사해볼 가치는 있다는 거야?"

바나벨의 물음에 레기나는 다시 한번 고개를 끄덕였다.

"조사는 엄청 힘들겠지만 점막 이상이 있다는 것은 용이 병에 걸렸을 가능성을 높이고 있어. 이게 증명된다면 식중독은 위생 불량에 의한 것이 아니라 독성이 있는 것을 먹어서라고 말할 수 있게 되지."

그렇게 말하고 나서 레기나는 자상한 눈길로 라스벳을 바라보았다.

"네 아버지의 불명예를 해소할 수 있을지도 몰라."

흠칫. 눈을 크게 뜨고 라스벳은 레기나를 쳐다보았다. 입술이 작게 열리며 무언가를 말하려다 멈춘다. 굳은 표정은 풀리지 않았고 창백한 안색도 여전히 원래대로 돌아오지 않았다. 희망을 품는 것에 겁을 먹은 듯한 복잡한 표정을 라스벳은 짓고 있었다.

"그런 거라면 나도 의욕이 더 생기는군."

침묵을 깨뜨린 것은 장난스러운 태도의 딜크였다.

"모처럼 라스에게 점수를 딸 기회가 왔는데 이런 기회를 그냥 놓칠 수는 없지."

"…나랑 상관없이 의욕을 내는 게 어때? 그게 네 직무잖아."

"그래서 '더'라고 한 거야."

딜크는 잡아뗐다.

"너는 잘 모르겠지만 전례가 없는 사례에서 병을 발견하는 것은 쉬운 일이 아니야. 나는 우수하니까 의욕을 내지 않아도 보통 이상의 성과는 올릴 수 있지만 너를 위해서라면 가지고 있는 시간과 능력 모두를 투입하는 것도 마다하지 않을 수 있어. 1년간 식당에 무료로 초대해줘도 될 정도의 노동이라고."

"…그래서 그런 부분이 성가시다고 한 거야."

"그러지 마. 병을 발견해내면 다시는 귀찮으니 어쩌니 하는 말을 못 할 테니까."

"아아, 정말 성가셔! 성가셔! 성가셔!"

라스벳은 다시 무뚝뚝한 얼굴로 돌아가서 짜증 난 듯 소리쳤다.

바나벨은 레기나와 시선을 교환하며 웃음을 머금었다. 부드러움과는 거리가 멀지만 긴장이 풀린 그 표정은 라스벳 나름대로 '좋은 얼굴'이라고 말할 수 없는 것도 아니었다.

◆

　시온에게서 '자네'라 불리는 게 거북한 것은 딜크 탓이었나. 라스벳은 생각했다. 시온에 비해 딜크의 분위기는 언제나 부드러웠고 말투도 정중했지만 이야기를 하다 보면 종종 도발당하는 기분이 든다. 은근히 무례하다는 말의 의미를 그를 만나서 처음으로 알았다.

　만날 때마다 성질을 돋우는 것 같아서 한숨만 나온다.

　하지만 딜크 덕분에 마음이 어느 정도 다독여진 것도 사실이다. 아버지의 노트에서 메모를 발견했을 때에는 머리끝에서 발끝까지 핏기가 사라지고 온몸이 차가워지는 느낌이었다. 아버지에게는 잘못이 없다고 쭉 생각했다. 그렇게 생각하고 싶었던 것일지도 모른다. 만약 아버지의 요리에 잘못이 있었다고 해도 그것은 비위생적인 환경을 개선하지 않는 용잡이들 탓이지 아버지 잘못이 아니라고.

　어린 시절 함께했던, 어머니를 아는 사람들이 타고 있던 배는 어린 마음에도 쾌적했다는 기억밖에 없다. 하지만 대조적으로 마지막에 탄 배의, 아니, 처음 탄 배 이외의 남자들은 아무튼 난폭했고, 라스벳에 대한 태도도 위압적이었으며 가끔은 오싹할 정도의 말까지 했다. 처음에 탄 배가 특별했던 거지 보통은 다 그렇다고 생각할 수밖에 없을 만큼 육지에서 알게 된 다른 용잡이들도 엉망이었다.

　하늘에 대한 마음이 점점 더럽혀지고 있지만 그래도 하늘에 있고 싶다, 그런 갈등에 시달리고 있을 때 바로 그 식중독 사건이 일어난 것이다.

　전부 녀석들 탓이다. 그렇게 생각하는 것으로 라스벳은 마음을 다독여왔다. 하지만.

"…사실은 알고 있었어요."

마침 옆 마을에서 의사들이 도착했기에 조사를 돕겠다는 레기나를 그곳에 남겨두고 바나벨과 선착장으로 돌아가면서 라스벳은 중얼거렸다.

"용잡이들 잘못이 아니라 아버지가 배를 잘못 선택한 탓이라는 것을. 하늘에서 요리사 일을 찾는 것은 어려워요. 돈이 많은 배는 몇 명씩 고용할 수 있지만 소개장이 필요하고, 그렇지 않은 배는 이미 정해진 요리사가 한 명씩 있기 마련이죠. 남은 일자리는 단기간에 해산하는 배밖에 없는데 그런 배는 성격이 거친 사람들이 특히 더 많으니까요."

가끔 제대로 된 일자리도 있기는 했지만 그런 배는 온 세계를 돌아다니며 끝이 보이지 않는 여행을 계속한다. 아버지는 요리사로서의 긍지와 마찬가지로 라스벳을 소중히 생각했다. 그래서 라스벳에게 돌아올 수 없을 만한 일은 결코 맡지 않았다.

"좀 더 일찍 하늘을 포기했다면 아버지는 좀 더 행복한 최후를 맞이할 수 있었을까요? …혹은."

저를 좀 더 일찍 포기했다면.

그런 소리를 해봤자 바나벨을 곤란하게 만들 뿐일 것이다. 라스벳은 하려던 말을 꿀꺽 삼키고 땅에 뒹굴고 있는 얌 열매를 피하면서 발밑만을 보고 걸었다.

갑자기 침묵한 라스벳에게 바나벨은 아무 말도 하지 않았다. 그저 흰 돌바닥을 그녀의 부츠가 밟는 소리만이 울려 퍼진다.

이윽고 15시를 지나자 태양이 산 뒤로 숨어서 구름 낀 하늘은 더욱 어두워졌다. 용이 습격할지도 모르니까 18시 종이 울릴 무렵에는 집으로 돌아가거라. 네벨시의 아이들은 그런 말을 들으며 자란다. 21시 이후에는 밖으로 나가는 것도 허용되지 않는다. 왜냐하면 그것은 정적의 하늘을 유영하기 시작하는 용들의 휴식 시간이기 때문이다.

라스벳은 두꺼운 구름으로 덮인 하늘을 올려다보았다. 언젠가 저 구름을 뚫고 용이 얼굴을 내밀어주기를 마음속 어딘가에서는 바라고 있었다. 용이 오면 얌 나무 밑으로 숨으라고 시온이 가르쳐주었기에, 21시를 지난 후에 집을 빠져나와 나무줄기에 몸을 기댄 채 용이 나타나기를 기다린 적도 있다. 알마가 알면 위험하다고 꾸짖을 테니 알마 몰래.

딱 한 번 아버지에게 들킨 적이 있었다. 꾸중을 들을 줄 알았지만 아버지는 라스벳의 어깨에 손을 얹고 함께 하늘을 올려다보았다. 별이 안 보이네 하고 라스벳이 속삭이자 동이 트기를 기다려볼까? 라고 아버지가 말했다. 너는 새벽하늘을 좋아하지? 산에는 오르지 못하지만 오늘은 평소보다 구름이 얇으니까 어쩌면 지상에서도 보일지 모르겠어. 그렇게 말하고 아버지가 가져온 모포로 몸을 감싸고 둘이서 아침을 기다렸다. 희미하게 공기가 따뜻해지자 기대감이 높아졌지만 구름이 조금씩 투명해지고 밝아진 것 외에는 하늘에 아무런 변화도 없었기에 6시 종이 울릴 무렵 두 사람은 말없이 집으로 돌아갔다.

그 이후로 용을 기다린 적은 한 번도 없다.

"너는 하늘로 돌아가고 싶은 거야?"

불현듯 바나벨이 물었다. 동정도, 호기심도 느껴지지 않는 담담한 그 목소리가 라스벳은 맘에 들었다.

"모르겠어요. 이제 기억도 희미해져서."

야초를 따고 마을 사람들이 기뻐할 만한 요리를 만드는 평탄하고 평범한 나날은 라스벳에게 평온한 행복을 주기에 그것을 버리고 싶다는 생각은 들지 않는다.

"다만 한 번이라도 좋으니까 다시 동이 트는 하늘을 보고 싶다고는 생각해요."

하늘의 표정은 변덕스럽다. 습도와 온도에 의해 색깔도, 모양도 변한다. 딱딱한 파란색으로 물든 하늘이 지평선부터 조금씩 연홍색으로 바뀌며 광대한 그러데이션을 만드는 그 모든 과정이 라스벳은 맘에 들었다. 매일 아침 갑판에서 봐도 질리지 않았다. 그 기억만은 아직도 선명하게 남아 있다.

"동이 틀 무렵의 하늘이 예쁘긴 하지."

불현듯 바나벨이 말했다.

올려다본 그 얼굴은 목소리와 마찬가지로 역시 담담했고 표정의 기복은 보이지 않았다. 라스벳이 예 하고 고개를 끄덕이자 다시 침묵이 찾아왔지만 호흡은 좀 편해진 것을 느꼈다.

그때 바나벨의 코에 이상한 냄새가 감지되었다. 연신 눈을 깜빡거리는 눈꼬리에 눈물이 맺힌다. 곧바로 라스벳의 팔을 붙잡고 걸음을 멈춰보니 발꿈치로 얌 열매를 밟아버린 상태였다.

"아아, 밟아버렸네."

새끼손가락 손톱만 한 열매가 무참히 으스러진 상태였다. 이거 좀처럼 냄새가 지워지지 않는데. 그렇게 생각하며 라스벳은 입으로만 호흡을 했다.

"근처에 식수대가 있으니까 거기서 씻어내죠. 조리장으로 돌아 가면 민트물도 남아 있으니 그걸 뿌리면 냄새도 좀 덜할 거예요."

"레기나의 말대로 진짜 지독하긴 하네."

바나벨도 코를 부여잡았다.

감정을 별로 보이지 않는 그녀가 얼굴을 찡그린 것이 신선해서 라스벳은 웃었다.

"당신들에게는 치명적이겠네요. 용은 얌 열매 냄새를 싫어하거든 요. 그래서 용을 잡아야 하는 용잡이들에게 제공하는 요리에는 되 도록 쓰지 않죠."

"이렇게 냄새 나는 걸 요리에 쓸 수 있는 거야?"

식수대까지 가는 길을 발꿈치를 든 채 걷는 것을 보고 라스벳은 가슴이 아픈 것 같기도 하고 욱죄는 것 같기도 한 신기한 감각을 맛 보았다. 용잡이라는 이유만으로 무례한 태도를 취하고 있었던 자신 을 늦게나마 부끄럽게 생각한다.

"냄새가 강렬한 것은 아무런 처리도 안 한 열매뿐이에요. 말린 잎 을 넣어 고기를 끓이면 잡내가 사라지는 효과가 있고, 잎은 소금물 로 데치고 나서 볶으면 맛있지요. 열매는 말려서 향신료로 쓰는 일 이 많으려나요? 조금 쏘는 맛이 있지만 술안주로도 좋고요."

말하면서 떠올린다.

"그러고 보니 열매와 잎, 그리고 오일로 절인 치즈가 있는데 먹을 래요?"

"…냄새 안 나?"

"냄새는 오히려 치즈에 바른 마늘에서 나요. 고추와 채 썬 양파도 함께 넣어서 2~3일 절여두면 굉장히 맛있는 안주가 되죠. 단골에게만 제공하는 숨겨진 메뉴예요."

"듣기만 해도 술을 마시고 싶어지네."

"그럼 저녁 식사와 함께 시온에게 가지고 가라고 할게요."

"늦어져도 좋으니까 네가 직접 가져다주지 않을래?"

"그건 상관없지만…."

식수대의 꼭지를 틀고 부츠의 뒤축 굽을 씻으면서 바나벨은 미소 지었다.

"우리 요리사가 너한테 궁금한 게 있는 모양이야. 폐가 안 된다면 소개하고 싶어."

"폐가 되지는…."

"그렇다면 부탁할게. 건강해진 녀석들도 분명 너한테 감사를 표하고 싶을 거야."

감사 따윈… 이라는 말은 입 밖으로 나오지 않았다. 다만 과거에 아버지가 했던 말이 귓속에서 되살아난다.

—알았지? 라스. 고맙다는 말을 당당하고 겸허하게 받아들일 수 있게 된다면 프로가 되었다는 증거란다.

눈시울이 뜨거워진 것은 얌 열매 탓이라고 스스로를 타이른다.

무슨 까닭인지 바나벨의 말은 언제나 아버지의 추억을 일깨운다. 실의 속에서 죽은 그의 축 처진 뒷모습이 아니라 기억 깊은 곳에 잠들어 있는 요리사로서의 긍지로 가득한 그의 미소를.

◆

"술이다!"

제일 먼저 소리를 지른 것은 바코였다.

아직 완치되지 않았으니 그만두는 게 좋다는 메인을 뿌리치고, 마지막 결정타가 술인 거야, 술이 없으니까 완치되지 않는 거야 하고 주절대기 시작한다. 퀸 자자 호에서도 고참인 그가 그렇게 주장한 덕분에 깁스 다음에 쓰러졌던 페이와 소라야도 그에 동조했고, 그러자 선장 대리인 크로코조차 어쩔 수 없다며 한숨을 쉬면서 입가를 누그러뜨렸다. 그렇다고 전적으로 허용할 순 없는 노릇이었기에 여성진과 협의한 결과, 배의 통증이 가신 사람에게 딱 한 잔만 제공하는 것으로 결정이 났다.

"그렇게나 마시고 싶은 거야?"

메인은 어이없어했지만, 자신도 같은 처지라면 똑같은 말을 했으리라 알고 있는 바나벨은 아무 말도 할 수 없었다. 그리고 배에서 내리는 게 금지되어 있는 그들은 마시고 싶은 것 이상으로 한가한 것이다. 완치 직전이 가장 방심해선 안 되는 시기라는 것은 잘 알고 있지만, 움직일 수 있는데 아무것도 할 수 없다는 것은 그 무엇보다도 고통스럽다.

문득 떠올린 것은 어린 시절 감기에 걸려 누워 있었을 때의 불안함이었다. 놀다가 강물에 빠졌었다. 바로 몸을 닦으면 되었을 텐데 개를 쫓는 데 열심이라 잊고 말았다. 귀가했을 무렵에는 콧물이 훌쩍거렸고 목도 컬컬하고 아팠으며 열도 있었기에, 어머니는 엄청 화를 내며 난처한 듯 내려다보았다. 그 벌로 얼마간 바깥에서 노는 건 금지되었는데, 이제 괜찮다고 몇 번을 말해도 들어주지 않아서 몹시 따분한 시기를 보냈었다.

그런 정경이 떠오른 것은 라스벳의 이야기를 들었기 때문일까?

그렇게나 주위 사람들에게서 사랑받고 있는 그녀가 완강하게 마음을 열지 않고 있는 것은 분명 아버지에 대한 회한에 아직도 시달리고 있는 탓이다. 사랑받고 있기에 더욱 안타까운 것이다. 자신의 존재가 주위의 자유를 빼앗아버리고 있다는 것이.

그러고 보니 그랬던 시기가 자신에게도 있었지. 그렇게 돌이키면서 잔에 두 잔째의 와인을 따른다. 그 순간 주위에서 야유가 터졌다. 우리들은 한 잔으로 참고 있는데 너무하잖아, 바니! 바나벨은 태연한 얼굴로 테이블에 놓인 안주로 손을 뻗었다.

"라스가 가져온 이게 너무 맛있는 게 잘못이야."

그렇게 말하자 초면의 남자들에게 둘러싸여 어쩔 바를 모르고 있던 라스벳이 굳어 있던 얼굴을 조금 풀었다.

"이 배에서도 쉽게 만들 수 있어요."

약속한 대로 라스벳은 18시를 지났을 무렵 저녁 식사와 함께 치즈 오일 절임을 가져다주었다. 그리고 환희에 들끓는 여성진의 목소리를 듣고 남자들이 부엌으로 모여든 것이다.

"얌이 없다면 잎은 로리에, 열매는 후추로 대용할 수 있어요. 자극은 좀 약해지지만."

"그렇겠지. 양파를 함께 절인 것은 살균을 위해서인가?"

"그것도 있지만 맛있으니까요. 저는 종종 당근을 얇게 채 썰어서 넣기도 한답니다."

"헤에, 요시 씨, 다음에 한 번 만들어봐. 떠나기 전에 치즈를 듬뿍 구입해서 말야."

들뜬 목소리로 말한 것은 소라야였다. 귀중한 한 잔은 금방 비워버렸지만 대신 치즈를 빵에 발라서 먹고 있다.

"우어마면 엄마믄디 만듬메요."

"다 먹고 이야기해. 정말 칠칠치 못하다니까."

웃으면서도 페이 역시 치즈로 뻗는 손길은 멈추지 않았다. "너희들, 조금은 아껴서 먹어. 귀중한 선물이니까!" 니코가 나무랐지만 다들 들은 척도 하지 않았다. 심정은 이해가 된다고 바나벨은 생각했다. 얌과 고추 때문인지 혀끝에 전해지는 짜릿한 자극도 자극이지만 잘 스며든 마늘 맛이 입맛을 돋우는 것이다.

"이렇게 마구 먹어대면 치즈가 아무리 많아도 부족할 것 같아. 치즈도 싼 건 아니니까 리가 머리를 부여잡겠어."

요시가 말하자,

"녀석의 위통이 좀처럼 낫지 않는 것은 병 때문이 아니라 평소에 스트레스가 너무 쌓인 탓일지도 모르겠군."

그렇게 말하고 깁스가 웃었고,

"아직도 누워 있는 사람을 너무 멋대로 이야기하는 것 아냐?"

카펠라가 어깨를 으쓱했다.

그것은 퀸 자자 호에서 볼 수 있는 여느 때의 광경이었다. 주량이 적음에도 다들 들떠 있는 것은 일상이 돌아오고 있다는 것에 안도하고 있는 탓일지도 모른다. 그래서 공로자 중 한 명인 라스벳을 대대적으로 대접하고 싶은 거겠지만, 타키타와는 타입이 또 다른 조용한 그녀를 어떻게 대해야 할지 몰라 당혹스러워하는 것처럼도 보였다. 그래선지, 레시피를 메모하면서 조미료에 대해 이야기꽃을 피우고 있는 요시에게 힐끔힐끔 부러운 듯한 시선을 보내고 있다. 소량의 와인을 핥듯이 조금씩 마시면서 라스벳은 얼굴을 붉힌 채 부엌을 흥미롭게 관찰하고 있었다. 바나벨은 잔을 들고 그녀 곁으로 이동했다.

"옛날 생각이 나니?"

"아, 아뇨…. 그런 건 아니지만."

라스벳은 할 말을 고르듯 아랫입술을 깨물고 나서,

"확실히 이 배를 비위생적이라고는 말할 수 없을 것 같아서요."

처음에 그렇게 단정한 것을 사과하듯 라스벳은 시선을 떨구었다. 괜찮다며 바나벨은 어깨를 으쓱해 보였다.

"지금은 네가 준 민트물로 닦은 후야. 잘 관리했다고 생각했는데 꽤 더러워져 있더라고."

"그래, 그래. 비가 내리면 습기도 차고 말이지~. 얼마 전에 폭풍에 휘말린 적 있었잖아. 그때에는 진짜 곰팡이가 피었어도 이상하지 않았어."

메인이 끼어들었다.

깁스는 무디어진 손과 발을 쭉 펴고 하늘을 올려다보았다.

"대체 뭐가 원인이었으려나~?"

누군가를 책망할 의도 없이 늘어진 말투로 투덜대자, 정말이야 하며 카펠라도 팔짱을 꼈다.

"지금 의사들이 조사하고 있다면서? 점막 이상이라고 했던가?"

시선을 던지자 라스벳은 고개를 끄덕였다.

"아까 시온이… 오빠가 가르쳐주었는데요, 용의 점막은 약품에 쓰이는 일이 많다 보니 만약 용이 병에 걸려 있다면 광범위하게 감염증이 확산될 가능성도 있어서 윗사람들도 시끄러운 모양이에요. 그래서."

미안하다는 듯 라스벳은 고개를 숙인 채 모두를 올려다보았다.

"여러분은 당분간 이곳에 머물러야 할 필요가 있다고 하더군요."

"정―말―로?"

소라야는 테이블에 쿵 하고 이마를 박았다. 아무런 책임도 없는데 미안해하는 라스벳을 보고 어쩔 수 없잖아! 라며 크로코가 소라야의 뒤통수를 쳤다. 그런 가운데 깁스와 요시만이 의미심장하게 시선을 교환하고 있었다. 무언가 있나 싶어 낌새를 살피고 있자니,

"뭐야, 맛있어 보이는 걸 먹고 있네."

젖은 수건을 목에 두른 미카가 나른한 표정으로 나타났다.

여느 때보다 안색은 안 좋았지만 테이블에 놓인 요리를 훑어보는 눈에는 생기가 돌고 있었다. 이제 문제는 없을 것 같네. 바나벨은 내심 안도의 한숨을 쉬었다. 깎지 않아서 수염이 지저분한 것은 미카에 한정된 이야기가 아니므로 지금은 지적하지 않는다. 이제 타키타와 지로만 회복되면 일단 안심이었다. 젊으니까 회복도 빠를 거라 생각했는데 두 사람 모두 의외로 열이 잘 떨어지지 않아서 안정할 것을 엄명해두었다. 그래도 고비는 넘겼고 입맛도 돌아오고 있기에 얌전히만 있으면 문제없을 거라고 레기나는 말했다.

"너는 아직 누워 있어. 아직 열이 있잖아."

깁스의 말에도 아랑곳 않고 미카는 비어 있는 의자에 앉더니 구운 간 경단 더미로 손을 뻗었다.

"네 몫은 이미 먹었잖아."

"자고 일어났더니 위장이 먼저 완치된 것 같아. 먹어도 먹어도 배가 고프다고."

"뭐 며칠간 미카치곤 소식을 했으니 말야."

메인이 쓰게 웃었다.

"이 사람이 바나벨 씨가 말했던 식탐꾼인가요?"

작게 귓속말을 하는 라스벳에게 바나벨은 보면 알잖아 하는 듯 입매를 일그러뜨렸다. "레기나 씨와 어딘지 닮았네요" 라고 말하는 그녀가 사람을 보는 눈이 있다고 생각하면서.

"라스벳이 남은 음식을 가져다준 거야."

바나벨의 말에 미카는 음식을 연신 입에 넣던 손길을 멈추고 다람쥐처럼 뺨을 부풀린 채 고개를 들었다. "마무멧?" 이라며 우물우물 입을 움직이는 미카에게 아까의 자신을 잊었는지 소라야 "다 먹고 말해. 칠칠치 못하게!" 라고 꾸중했다.

"이거 전부 네가 만든 거야?"

"아, 네…. 대충은. 아, 아니, 저는 레시피만 제공하고 마을분들과 협력해서 만든 거지만요."

"굉장하네. 어느 것이든 엄청나게 맛있었어. 고마워."

"아…."

라스벳은 물고기처럼 입을 뻐끔거렸다. 한순간 울 것처럼 얼굴을 일그러뜨리더니,

"도움이 되어서 다행이에요."

기분 탓인지 가슴을 펴고 대답했다. 책무는 완수했다는 듯 미카는 다시 접시로 시선을 되돌리더니 치즈, 용고기 찜, 사과 샐러드 등 라스벳이 가져온 요리를 닥치는 대로 먹어치우기 시작했다. 육 포로 손을 뻗었을 때에는 소화에 안 좋다며 카펠라가 제지했지만, 닭고기와 돼지고기를 넣은 요리도 있는데 용고기만 잽싸게 구별해서 그것부터 먹는 것은 과연 미카라고 할 수 있었다. 너무나 빠른 그 기세에 걱정하는 것도 바보 같다며 다들 체념한 표정을 짓고 있

을 때, 미카는 갑자기 움직임을 뚝 멈추더니 "…왠지 배가 쿡쿡 쑤시는군"이라며 눈살을 찌푸렸다. '그래서 말했잖아!'라고는 이제 아무도 말하지 않았다.

"아아, 맛있었다. 오랜만에 배부르게 먹었네."

옆구리를 쓰다듬으며 미카는 만면에 미소를 지었다.

"맛있는 고기는 지금까지 많이 먹어봤지만 먹을 때마다 몸이 되살아나는 느낌이 든 것은 이번이 처음이었어. 너, 굉장하구나."

"저도 당신만큼 기세 좋게 먹는 사람을 본 것은 처음이에요."

쿡쿡 웃는 라스벳에게,

"뭐, 언제 용이 올지 모르니 말야. 슬슬 체력을 회복해둬야지."

미카는 별것 아닌 듯한 표정으로 대답했다.

흠칫 움직임을 멈춘 것은 라스벳뿐만이 아니었다. 그것은 용잡이로서의 마음가짐을 말하는 건가, 아니면.

"오는 거야?"

반응을 망설이는 모두를 대신해서 바나벨이 물었다. "아마도"라며 미카는 역시 당연하다는 듯한 말투로 대답했다.

"냄새가 나. 게다가 점점 짙어지고 있어."

"다가오고 있다는 건가."

"그래. 그래서 솔직히 최대한 빨리 출발하고 싶은데."

마을을 공격한 후에는 늦으니 말야 하고 미카는 말했다. 도착하기 전에 미리 가서 기다리고 있어야 한다며.

"그럴 리가." 중얼거린 것은 라스벳뿐이었다.

"정말로 접근하고 있다면 안내인이 먼저 발견할 거예요."

"용은 구름 사이를 나는 동물이야."

"그렇다고 해도."

냄새로 알 수 있다니. 라스벳과 레기나가 점액 냄새를 맡은 것과는 차원이 다르다. 그런 것을 인간이 알 수 있을 리 없다. 그렇게 말하고 싶은 기분은 이해가 된다. 하지만 퀸 자자 호의 사람들은 알고 있다. 용에 관해서만큼은 미카에게 상식이 통하지 않고, 어디에서 무슨 냄새를 맡을지 알 수 없는 게 미카라는 것을.

"…역익룡의 전설."

메인이 작게 중얼거렸다.

"이 마을에는 그런 게 있으니 말야. 인간이 나쁜 짓을 하면 마을을 습격한다는 신의 화신. 그게 아니어도 1년에 한 번은 용이 습격하는 일이 있다고 레기나 씨도 말했었고."

"그건… 그렇지만… 지난 2년간은 그런 일이 없었는데."

"그렇다면 슬슬 와도 이상하지 않다는 말이로군."

깁스가 심각한 표정을 지었다.

갑자기 긴장감이 감돌기 시작한 면면들의 모습에 반신반의한 얼굴로 불안해하는 라스벳을 보고 크로코가 말했다.

"아니, 그냥 올 수도 있다는 말이잖아. 지금 조바심을 내봤자 소용없다고. 미카도 체력을 회복해둔다는 의미로 한 말이고. 안 그래?"

"그래. 그보다 요시, 낮에 말했던 것은 확인됐어? 병의 원인이 판명되면 당장이라도 출발할 수 있잖아."

"낮에 말했던 것?"

무슨 이야기지? 바나벨이 시선을 보내자 요시는 흠칫, 표정을 경직시키고 도움을 구하듯 깁스에게 시선을 던졌다. 깁스는 지금까지의 심각한 표정에서 무슨 까닭인지 갑자기 얼굴을 붉히며 어색한 표정으로 우물거렸다.

"아니, 저기… 시온이 의사들한테 조사를 의뢰한다고는 했지만… 결과는 아직…."

"뭐야? 무슨 이야기야?"

분명치 않은 태도에 무언가 켕기는 거라도 있나 싶어 카펠라의 눈동자가 안경 뒤에서 번쩍 빛났다.

"병의 원인에 대한 거라면 우리들도 들을 권리는 있어. 너희들이 쓰러져 있는 동안 배를 지킨 것은 우리들이니 말야."

"맞아. 맞아."

메인까지 가세하자 깁스는 으음 하고 침묵하다가 미카를 노려보았다. 어째서 지금 말한 거냐고 따지는 눈치였다. 대체 뭐지? 싶어 바나벨도 미카의 눈치를 살폈다. 그러자 성가신 듯 미카는 말했다.

"그러니까 우리들끼리만 먹은 부위가 있었다는 이야기야."

"뭐?!"

라스벳을 비롯한 여성진의 목소리가 겹쳐진 것과 남자들이 "아!" 하고 소리친 것은 동시였다.

"무슨 소리야? 숨어서 대체 뭘 먹고 있었어?"

"그보다 왜 좀 더 일찍 이야기해주지 않은 거야?"

"어쩔 수 없잖아. 눈치챈 게 조금 전이었으니까."

메인과 카펠라의 공세에 어째서 나만 책망받는 거냐는 듯 미카가 얼굴을 찡그렸다. 하지만 아무도 옹호해주려고 하지 않았다. 좀 전까지의 요시나 깁스와 마찬가지로 다들 얼굴을 붉힌 채 우물거리고 있다.

―대체 뭐지?

아무리 바나벨이라도 짐작이 되지 않아서 라스벳과 시선을 주고 받았다.

"딱히 화낼 만한 일도 아닌 것 같은데, 저기, 페이가….'"

"자, 잠깐, 미카!"

"음? 하지만 페이잖아, 제일 먼저 먹자고 한 건."

"그건 그렇지만!"

"그러니까 대체 뭐냐고!"

"큰일입니다!"

카펠라의 목소리와 겹쳐진 것은 퀸 자자 호 사람들의 목소리가 아니었다. 전원이 의아하게 고개를 들고 서로의 얼굴을 쳐다본 것과 창백한 얼굴을 한 남자가 뛰어든 것은 거의 동시였다.

시온과 같은 제복을 입고 있지만 시온은 아니다. 그보다 조금 나이를 먹은 그 남자는 어깨를 들썩이면서 멍해 있는 얼굴들을 돌아보고 거친 숨을 골랐다.

"멋대로 들어와서 죄송합니다. 하지만, 저기, 큰일 났어요…!"

남자는 떨리는 손으로 바지의 허벅지를 손으로 짚고 있었다. 피로가 쌓인 건지 충혈된 눈을 한 채 울 것 같은 표정으로 비명과도 같은 소리를 낸다.

"용이 나타났습니다! 하늘에!"

땡땡땡 하는 소리가 울려 퍼졌다.

그것은 21시를 알리는 마을의 종소리였다.

제 6 화

꺼칠꺼칠한 천으로 마음 안쪽을 문지르는 듯한 느낌이 들었다. 소름이 돋고 등골이 오싹해졌다. 어느샌가 라스벳은 누구보다도 먼저 갑판으로 뛰쳐나갔다. 여느 때보다 습도가 높고 미지근한 바람이 뺨을 때린다. 올려다본 곳은 두꺼운 구름으로 덮여 있어서 별이 어디 있는지도 알 수 없다. 질릴 만큼 보아왔던 어둠이다. 용의 모습은 어디에도….

핫! 하고 숨을 삼켰다.

일그러져 있다.

하늘이 마치 질 나쁜 유리를 통해 본 경치처럼.

—뭐야, 이게?

뇌리에 떠오른 것은 벽에 박힌 작은 창틀이었다. 2년 전쯤 마지막으로 용이 습격했을 때 용잡이들의 화려한 활약에 의해 라스벳의 집, 2층의 주거 공간은 무너졌다. 생각 없이 궁지로 내모니까 흥분한 용이 마을 이곳저곳에 긴 꼬리를 휘둘렀던 것이다. 마을에서 다소의 보조금이 나오긴 했지만 복구비 대부분은 자신들이 부담해야 했는데, 그렇다고 수선비를 아끼려고 벽을 허술하게 만들면 다음에 같은 일이 일어났을 때 정말로 목숨을 잃을 수도 있다. 싸고 조악한 창틀을 끼우게 된 것은 아낄 수 있는 부분을 철저히 아낀 결과였다. 바나벨은 빛을 반사해 용을 쫓기 위함이라 생각한 모양이지만 결과적으로 그런 역할을 하게 되었을 뿐 다들 그저 돈이 부족했을 뿐이다. 그 증거로 〈용의 송곳니〉를 비롯한 비교적 부유한 집들의 창문은 맑은 호수처럼 투명하다. 어디든 조망할 수 있게끔.

라스벳이 살고 있는 집의 창문은 안에서 밖을 내다보면 산이든 사람이든 일그러져 보인다.

지금 머리 위에 펼쳐진 것은 그것과 같은 광경이라고 라스벳은 생각했다. 하늘과 라스벳 사이에는 유리창을 대신하는 무엇인가가 있다.

"…큰일이군. 흥분 상태야."

어느 틈엔가 옆에 서 있는 미카의 중얼거림에 라스벳은 정신을 차렸다.

"보이는 건가요?"

묻는 목소리가 떨렸다.

있다는 것은 확신할 수 있지만 아무리 눈에 힘을 줘봐도 그 이상의 것은 알 수 없었다. 희미한 일그러짐이 흔들거리고 있어서 라스벳의 불안만을 부채질하고 있다.

미카는 하늘을 올려다본 채 눈을 가늘게 떴다.

"저기 붉은 끈 같은 게 휘날리고 있는 게 보여?"

가리킨 곳은 역시 두꺼운 구름에 덮여 있을 뿐인 밤하늘이었다. 라스벳은 눈을 비빈 후 몇 번인가 눈을 깜빡거리고 미간을 좁혔다. 듣고 보니 구름 위에 가느다란 천… 깃발 자락 같은 것이 길게 흔들리고 있는 것처럼 보이지 않는 것도 아니다. 하지만 어디까지나 듣고 보니 그렇다는 이야기다. 색깔까지 판별할 수 있을 리 없었다.

"저건 아마 등에 박힌 앵커에 달려 있는 줄일 거야." 그렇게 말하고 육포를 씹는 미카를 라스벳은 물끄러미 쳐다보았다.

"…등? 저기에 용이 있나요?"

어금니로 우물우물 고기를 씹으며 미카는 고개를 끄덕였다.

"상당히 교묘하게 위장하고 있지만 냄새는 속일 수 없어."

"냄새?"

"그래. …맛있어 보이는 냄새가 나고 있었지. 쯥."

육포를 삼킨 미카의 목에서 꿀꺽 하는 소리가 났다.

"녀석이야. 틀림없어."

그 눈동자는 반짝반짝 빛나고 있었다. 이곳에는 없는, 과거에 비행선 위에서 본 별처럼.

—대체 뭐지? 이 사람.

라스벳에게는 미카가 같은 인간으로 보이지 않았다. 대체 어떤 시력을 가지고 있는 걸까. 그리고 만약 정말로 위장 능력을 가진 용이 있다면 심각한 사태인데 어째서 그렇게 기쁘게 웃고 있는 거지?

"잡을 생각이야?"

뒤에서 바나벨의 조용한 목소리가 들렸다.

보이는 거냐고 시선으로 묻자 고개를 작게 가로저었기에 안도한다.

—역시 이 사람만 특별한 거였어.

까칠함은 사라지고 경외심과 흥미가 뒤섞인 감정이 라스벳의 가슴속에 생겨났다. 미카는 아킬레스건을 풀면서 씨익 웃었다.

"누워 있는 것은 이제 질렸어. 그리고."

"싱싱한 고기도 먹고 싶다는 거지?"

어이없어하면서도 바나벨의 입가에는 쓴웃음이 떠올라 있었다.

무리다. 지금까지 아파서 누워 있었는데…. 라스벳이 믿기지 않는다는 표정으로 두 사람을 번갈아 보았다. 하지만 그 표정을 보면 일목요연했다. 미카는 물러설 생각이 요만큼도 없고, 바나벨도 말릴 생각이 없다. 오히려 바나벨의 표정에도 미카와 비슷한 호전적인 색채가 떠올라 있다는 것에 놀란다.

"…안 돼. 무리예요. 그런…."

무심코 중얼거렸다.

"잡는다는 건 공격한다는 말이죠? 궁지에 몰린 용은 반격을 해요. 용은 인간을 구별 못 하니 당하는 것은 분명 당신들이 아니라 무장하지 않은 마을 사람들이라고요."

지금까지 네벨시를 습격한 적 있는 용은 크기와 형태가 제각각이었지만 위장해서 모습을 감추는 능력 같은 것은 없었다. 그렇지 않아도 용은 거대하고 압도적이어서 쉽게 잡을 수 없는 생물이었다.

이 배 사람들이 좋은 사람들이라는 것은 알지만 그래도 결국 외부인이다. 마을 사람들의 생활 따윈 남의 일인 것이다. 모처럼 심은 얌 나무가 쓰러지고 그것에 의해 누군가의 집이 붕괴해도, 그리고 거기에 깔린 알마가 아직도 사라지지 않는 상처를 다리에 가지고 있다 해도 그들에게는 남의 일인 것이다. 그럴 것이 용잡이들은 그저 용을 잡기 위해 존재하니까.

라스벳은 입술을 일자로 꽉 다물었다. 울 것 같은 것을 참고 두 사람을 노려본다.

"그런 짓을 하라고 구해준 건 아니에요. 할 거면 다른 데서 하세요. 용을 쓸데없이 자극하지 말고."

"하지만 녀석은 공격해올 텐데?"

"그런 건 모르는 일이잖아요!"

"아니, 알 수 있어. 말했잖아. 흥분 상태라고."

단언하는 미카에게 바나벨도 동조하듯 턱을 당겼다.

"그래. 공기가 얼얼해."

어느샌가 갑판에는 퀸 자자 호의 사람들 중 거의 전원이 모여 있었다. 비상사태라는 말을 듣고 자리를 털고 나온 것으로 보이는, 부엌에선 못 본 얼굴들까지 있다. 라스벳 또래의 소녀가 열이 아직 남아 있는 탓인지, 아니면 용 때문인지 창백한 얼굴로 이쪽을 쳐다보고 있는 게 시야에 들어왔다.

다들 곤혹스러워하고 있다.

하지만 동시에 각오를 단단히 하고도 있다.

"난처하군. 하필 이런 때"라며 뺨을 긁적이는 크로코도. "아직 나른한데 말야"라며 탄식하는 페이도. "있는 것은 알겠지만 어떻게 포착해야 되는 거지?"라고 팔짱을 끼는 오켄도.

그렇게나 쾌활하게 떠들고 마셨던 사람들이 일제히, 한순간에 임전 태세로 들어간 것은 눈동자와 표정만 봐도 알 수 있다.

모자를 다시 깊이 눌러쓴 메인이 더그 아저씨, 그리고 히이로라 불린 청년과 함께 선내로 돌아갔다. 그녀는 기사라고 했으니 분명 기관실 상태를 보러 간 것이리라. 날아오를 생각인 것이다. 이 배로. 아직 몸 상태도 온전치 않은 동료들과 함께.

"하지만… 하지만 모습도 잘 보이지 않는데…!"

라스벳은 주먹을 꽉 움켜쥐었다. 목소리에 울음이 섞이는 게 분해서 견딜 수 없었다.

"마을뿐만 아니라 당신들도 무사하지 못할지도 모르는데!"

"…모습은 보일 겁니다. 빛을 비추면 그에 반응해서 노란색으로 빛나니까요."

끼어든 것은 용이 온다는 것을 알린 전령이었다. 목소리는 아까에 비해 진정되었지만 입술은 잘게 떨리고 있다. 그래도 직무를 떠올렸는지 의연하게 가슴을 펴고 면면들을 살펴본다.

"용이 나왔다고 말씀드린 것은 실제로 용을 관측했기 때문입니다. 관제탑에서 쏜 감시광이 우연히 포착했죠."

"그때 노란색으로 빛난 거야?"

카펠라의 물음에 남자는 고개를 끄덕였다.

"그쪽 분이 말씀하신 것처럼 아까는 주위에 녹아들어 위장하고 있었습니다만 빛이 닿자 혼란에 빠졌는지 몸 색깔을 빛에 맞추려는 듯 노랗게 빛을 내더군요. 금방 하늘색으로 돌아갔습니다만."

남자는 보고하면서 살며시 왼쪽 어깨를 오른손으로 억눌렀다. 공포를 억누르려는 건가 싶어 상태를 살피다가 라스벳은 눈치챘다. 그 얼굴은 낯이 익은 것이었다. 2년 전 알마의 부상을 치료한 병원에서 옆 침대에 누워 있던 남자다.

그때의 용잡이들이 특별히 난폭했던 건지, 아니면 여러 척의 배가 합동으로 출격한 탓에 서로 공적을 올리려고 경쟁이 붙어서인지, 연계가 잘되었다고는 빈말로라도 할 수 없어서 닥치는 대로 공격을 가할 뿐이었다. 그런 까닭에 분노에 불이 붙은 용이 포효와 함께 입에서 위액을 내뿜는 것을 막지도, 피하지도 못했다. 시온의 동료로 당시 관제탑을 맡고 있던 그는 미처 피하지 못하고 어깨에 위액을 맞아 살이 녹아버렸던 것이다.

─관제탑.

라스벳은 시선의 방향을 바꾸었다.

그때 용이 관제탑을 노린 것은 그곳이 공격점이기도 했기 때문이다. 안내인에게 부과된 비상시의 책무는 용을 내쫓기 위해 위협사격을 가하는 것.

"시온!"

소리친 것과 퍼엉 하는 폭음이 밤하늘에 울려 퍼진 것은 동시였다.

관제탑에서 일그러진 하늘을 향해 여러 개의 포격이 날아갔다. 어두운 허공에서 볼똥이 튄 그 순간 확실히 용의 모습이 떠오른 것을 그 자리에 있던 전원이 목격했다.

"날개가 하나뿐인… 역익룡."

카펠라가 탄식과 함께 중얼거렸다.

추락하면 마을 대부분을 깔아뭉갤 수 있을 만큼 거대한 용.

그 등에는 한 장의 긴 날개가 돋아나 있었다. 돋아나 있다기보다는 우뚝 솟아 있다고 해도 좋다. 등지느러미처럼 돋아난 날개는 공기 저항을 억누르기 위해선지 초승달 모양을 하고 있을 경우가 많은데 저 용의 날개는 확실히 방향이 반대였다.

화약 색깔을 반사하듯 거대한 몸은 한순간 빨간색과 노란색이 뒤섞여 빛을 냈다. 그런가 싶더니 용은 그대로 부오오오오오옹 하고 기묘한 포효를 내지르며 몸을 크게 구부렸다.

"뭘 한 거지?!"

깁스의 날카롭고 굵은 목소리가 울려 퍼지자 전령은 움찔 몸을 움츠렸다.

"아… 저기, 얌 나무의… 용이 싫어하는 냄새를 담은 방향탄을 쏜

겁니다. 용을 다치게 할 목적은 아니고, 놀라게 해서 쫓아내는 게 목적인데….”

횡설수설하며 대답하는 남자의 목소리를 지우듯 이번엔 공기를 진동시킬 정도의 고음이 사람들의 귀를 꿰뚫었다. 제자리에 서 있는 게 고작일 만큼 강렬한 음파에 라스벳은 무릎을 꿇었다. 오켄의 코에서 코피가 주룩 흘러나온 것을 보고 크로코가 당황한다.

“이런! 이건 좀 위험해!”

갑판이 갑자기 시끄러워졌지만 라스벳은 용과 관제탑에서 눈길을 뗄 수 없었다. 역익룡의 눈이 번들거리는 붉은 빛을 내뿜더니 둘로 갈라진 긴 꼬리, 그 말단 부분이 다시 두 개로 갈라져서 네 개의 날카로운 밧줄 창처럼 된 꼬리가 큰 곡선을 그리며 치켜 올라갔다.

“시온…!”

소리쳤을 때, 꼬리에 얻어맞은 관제탑의 잔해가 사방으로 튕겨 날아갔고 주위 벽과 함께 무참하게 부슬부슬 무너졌다.

◆

다리에서 힘이 풀린 듯 주저앉은 라스벳의 팔을 바나벨은 힘껏 끌어당겼다.

“울고 있을 때가 아니야.”

돌아본 라스벳의 눈동자는 부릅뜨인 채 아무것도 비추고 있지 않았다. 바나벨은 몸을 숙이고 주근깨투성이의 그 뺨을 손바닥 사이에 끼우듯 양손으로 쳤다.

“정신 차려. 웅크리고 있어봤자 아무것도 해결 안 돼.”

희미하게 생기가 돌아온 것은 그 말을 반복해서 중얼거린 경험이 있기 때문일 거라고 바나벨은 생각했다. ―울고 있어봤자 아무도 도와주지 않는다. 스스로 움직일 수밖에 없다. 갈 곳을 잃은 사람들은 모두 그 말을 가슴에 새긴 채 서 있는 다리에 힘을 주기 마련이다. 그러지 않으면 생존할 수 없으니까.

라스벳은 고개를 끄덕인 후 눈물을 훔치고 일어섰다. 팔을 당기는 바나벨의 힘에 기대지 않고.

"전… 가봐야 해요…. 시온…."

"마음은 이해하지만 섣불리 다가가는 건 위험해."

"하지만…."

"어째서?!"

멍하니 중얼거린 것은 전령이었다.

"용은 공격을 하지 않는 한 반격하지 않아요. 저 위협사격은 용을 자극하지 않고 쫓아내기 위한 최소한의 위력이었을 텐데…."

"보통이라면 그렇겠지. 미카도 말했잖아. 흥분 상태였다고."

깁스는 안타깝다는 듯 한숨을 쉬었다.

"이봐, 카펠라."

"선교에서 이륙 준비를 하라는 거죠? 아까 메인과 더그 아저씨도 기관실로 갔어요. 연료는 문제없을 거예요."

"나는 아직 두통이 남아 있어서 보조에 전념할 테니까 네가 직접 해."

크로코가 떨떠름한 얼굴로 말하자 카펠라는 맡겨달라는 듯 가슴을 쳤고, 곧바로 두 사람은 선교로 향했다. 깁스는 동료들의 얼굴을 빙 둘러보았다.

"움직일 수 있는 녀석은 얼마나 돼? 무리는 하지 마. 방해만 되니까."

"난, 가능해!"

"아, 저도, 이제….

"너희들은 안 돼. 지상에 남아 있어."

맨 먼저 손을 든 지로와 타키타에게 깁스는 단호하게 말했다. 기세가 꺾인 지로는 발끈한 표정으로 입을 삐죽거렸다.

"이미 충분히 쉬었다니까. 난 괜찮아."

"맞아요. 만전을 기하기 위해 쉬고 있었을 뿐 열과 두통은 전혀 없다고요."

"그런 흙빛이 된 안색으로 무슨 소리를 하는 거야. 이번만은 기세만으로 어떻게 할 순 없어. 너무 위험해."

"하지만!"

"착각하지 마. 너희들이 위험한 게 아니라 동료들이 위험에 빠질 수 있다는 거니까."

큭. 침묵한 타키타의 어깨를 가가가 두드렸다.

"바코 씨도 제 컨디션이 아니니 몇 명 정도 남아서 지원하도록 해. 지상에서의 공격도 필요해질지 모르니까."

"그럼 오토 자이로를 가져가도 될까?"

씩씩한 표정으로 지로가 물었다.

전에 쿠온시에서 비슷한 일이 있었던 것을 떠올린 모양이다. 그때에는 다른 포롱선이 잡았던 용이 해부 전에 깨어나서 제어 불능 상태로 날뛰는 것을 지상과 하늘 양쪽에서 공격했었다. 최종적으로 퀸 자자 호가 사례금 대신으로 받은 게 오토 자이로… 오토바이같이 생긴 2인승 소형 항공기였다.

"뭘 할 생각인데?"

한쪽 눈썹을 치켜올리는 깁스에게 지로가 어깨를 으쓱했다.

"몰라. 다만 엄호할 거면 만약의 사태가 일어났을 때 이동할 수단이 필요할 거야. 몸 상태가 어쩌니 저쩌니 할 상황이 아닐지도 모르잖아."

"건방지게시리!"

그렇게 말하며 쿡쿡 찌른 것은 소라야였다.

"만약의 사태 따윈 우리들이 안 일어나게 할 테니까 네가 나설 차례 따윈 없어."

"그랬으면 좋겠지만… 과연?"

"뭣?!"

아아, 이런 때인데도 바나벨은 입가가 조금 누그러지는 것을 느꼈다. 긴장감이 있는 것 같으면서도 없는 퀸 자자 호의 동료들, 그것은 겨우 되돌아온 일상의 모습이었다. 지상에서만 먹을 수 있는 농후한 맛의 요리와 진귀한 술을 마음껏 즐길 수 있었던 것은 그것이 짧은 휴식이라는 것을 알고 있었기 때문이다. 우리들의 일상은 언제나 이쪽인 거다.

지상에서 쫓겨나 하늘로 갈 수밖에 없었다는 것은 거짓말이 아니다. 하지만 지금은 하늘에서밖에 자신이 있을 곳을 찾을 수 없다.

"…어째서 그렇게 즐거워 보이는 건가요? 당신도, 이 사람도."

이해할 수 없다는 듯 라스벳이 표정을 일그러뜨렸다.

"그렇게 용을 죽이는 게 즐거운 건가요? 죽지도 모르는데, 그렇게 돈을 벌고 싶은 건가요?!"

"뭣…?! 방금 뭐라고 했어?!"

발끈한 지로를 요시가 억눌렀다.

분노와 슬픔과 혼란. 여러 가지 감정이 뒤죽박죽된 라스벳을 바라보면서 같은 말을 전에 미카에게 한 적이 있다는 것을 바나벨은 떠올렸다.

―용을 죽이는 게 그렇게 즐거워?

용잡이가 된 것을 후회한 것은 아니지만, 용을 쫓아가서 죽일 뿐인 생활에 의문을 품지 않은 것도 아니었다. 그 당시 바나벨에게 포룡은 그저 살기 위한 수단에 지나지 않았기에.

하지만 지금은 용과 상대하는 그 순간이―포룡을 단순한 살육으로 생각할지 어떨지는 자기 나름이라는 것을 알게 된 그때부터―바나벨에게는 살아 있다는 실감을 준다.

"이렇게 되어버린 이상, 할 수밖에 없어. 그건 너도 알고 있잖아."

라스벳은 입술을 깨물었다.

그녀의 내면에 복잡하게 얽혀 있는 포룡에 대한 동경과 증오는 아무도 풀어줄 수 없다. 바나벨이 즐겁다고 대답하든, 아니라고 부정하든 별 의미가 없는 것이다.

말로 전할 수 있는 것은 아무것도 없었다. 바나벨은 그저 할 수 있는 일을 할 뿐이다.

"아, 여기 있었구나! 바니!"

분위기에 어울리지 않는 쾌활한 목소리가 들려오나 싶더니 갑판에 레기나가 등장했다. 그 화려한 아름다움에 니코와 소라야가 휘익 하고 휘파람을 불었다. 그것을 본 레기나가 허리에 손을 얹고 우아하게 미소 지어 보이자 남자들의 표정은 더욱 칠칠치 못하게 풀어졌다.

과연 레기나네. 바나벨은 미소 지었다.

어떤 상황에서든 존재하는 것만으로 그곳의 중심을 자신으로 바꾸어버린다. 온몸이 경직되어 있던 라스벳조차 약간 어깨의 힘이 풀렸다. 저벅저벅 경쾌한 발소리를 내면서 레기나는 라스벳에게 다가왔다. 그리고 겨드랑이에 끼고 있던 노트를 내민다.

"이거 고마워. 도움이 되었어."

"아, 아뇨…."

"음? 왜 그래? 울고 있는 거야?"

레기나는 엄지로 라스벳의 눈꼬리를 살짝 닦아주었다. 따뜻함을 접한 탓인지 라스벳의 표정이 다시 일그러졌다. 시선으로 묻는 레기나에게 바나벨은 관제탑 쪽을 시선으로 가리켰다. 아아, 이해했다는 듯 레기나는 고개를 끄덕여 보이고 라스벳의 두 어깨를 힘껏 붙잡았다.

"안심해. 시온은 무사하니까."

"네…?!"

"그 사람은 우리 의료팀을 상대하고 있었거든. 그래서 관제탑에는 없었어. 그리고 관제탑에 있던 사람들도 부상은 입었지만 목숨에 지장은 없고 말이지. 지금 치료를 받고 있는 중이야."

라스벳의 눈동자에서 금세 눈물이 흘러나왔다. 오오, 옳지, 옳지 하며 레기나가 과장된 몸짓으로 끌어안자 라스벳은 어깨를 들썩였다. 과연 레기나, 하고 다시 한번 생각한다. 바나벨은 저런 식으로 누군가를 위로할 수 없었다.

분위기가 여느 때와는 다른 조용한 일체감에 휩싸이는 것을 바나벨은 느끼고 있었다. 포롱은 자선 사업이 아니다. 자신들에게 이익이 없는 위험에는 목숨을 걸 수 없다. 그래도 이번만은 그녀의 눈물을 무시할 수 없었다. 라스벳의 말에 화를 냈던 지로조차 당혹스러워하면서 치켜 올라갔던 눈꼬리를 누그러뜨렸다.

　라스벳의 등을 자상하게 쓰다듬으며 레기나는 바나벨을 보았다.

　"그래서, 어떻게 할 거야? 출격할 거지?"

　"물론이야."

　"아까의 울음소리로 보건대 상당한 난적이야. 미안하지만 이 배로는 충격을 견뎌낼 수 없을지 알 수 없어. 건강한 사람들만 모아서 우리 배에 탑승시키는 편이 좋다는 이야기가 나왔는데…."

　그렇게 말하고 레기나는 누군가를 찾으려는 듯 퀸 자자 호의 사람들을 살폈다. 나 말인가? 눈치챈 크로코가 손을 들었다.

　"선장 대리 크로코야. 댁은 누구지?"

　"포르투이호의 레기나."

　레기나는 라스벳을 살며시 떼어놓고 크로코와 마주했다.

　"우리 배는 아직 몸 상태가 좋지 않은 녀석들이 많아서 말야. 하지만 배의 상태는 만전이야. 장비도 최신으로 갖춰져 있어. 혹시 너희들이 원한다면 자유롭게 써도 좋아."

　"제안은 고맙지만…."

　크로코는 머리를 긁적이며 별로 내키지 않는 듯한 퀸 자자 호의 사람들을 돌아보았다.

　"너희들의 배라는 건 저 크고 반짝거리는 녀석이지? 하지만 기동력이 달라지면 방식도 달라지기 마련이야. 임기응변으로 싸울 수 있을 만큼 지금의 우리들에게는 여유가 없다고."

"익숙한 장비 쪽이 더 안심이 된다는 건가?"

"그런 셈이지. 미안하군."

"괜찮아. 이 배 사람들은 왠지 그렇게 말할 것 같았으니까."

거절당했음에도 레기나는 왠지 기뻐 보였다. 그리고 오히려 이쪽이 본론이라는 듯 몸을 앞으로 내민다.

"반대로 우리 배의 건강한 녀석들을 이 배에 태우는 건 어때? 예를 들면 나라든지."

"너도 용잡이인 거야?"

레기나는 씨익 웃었다.

"이래 봬도 솜씨 좋은 외과 의사야. 무슨 일이 있으면 내가 치료해줄 테니까 실컷 싸우도록 해."

"…믿음직하군."

바나벨의 그 한 마디에 이야기는 결정된 거나 다름없었다. 흐음, 흥미로운 듯 크로코는 턱을 쓰다듬었다.

"꽤나 바니로부터 신용을 받고 있는 것 같군."

"그야 그렇지. 이 마을에 온 후로 밤을 함께하지 않은 날이 없었으니."

"그거 좋군. 끝나면 우리들도 끼워주지 않을래?"

"그건 좋지만 나는 싸지 않다고."

술값이 말이지? 라며 바나벨은 내심 쓰게 웃었다.

계약의 징표라는 듯 손을 맞잡은 두 사람을 보고 깁스는 좋았어! 라며 소리치더니 기합을 넣듯 짝! 하고 손뼉을 크게 쳤다.

"레기나 씨, 너희 동료 중에 쓸 만한 녀석을 데려와줘. 그때까지 이쪽도 이륙 준비를 해놓을 테니까."

"알았어. 그리고 쓸 만한 탄약도 가지고 올게. 음, 거기 남자 두 사람, 좀 도와줄래?"

갑자기 지명되어 흠칫 놀란 페이와 소라야였지만 말이 끝나자마자 호쾌하게 배를 떠나는 레기나의 "얼른!" 이라는 날카로운 목소리에 허둥지둥 뒤를 따랐다.

바나벨은 멍청히 서 있는 라스벳을 새삼 똑바로 응시했다.

"바빠질 테니까 너는 집으로 돌아가 있어. 숙모님도 걱정될 거 아냐."

"아. …예. …저기, 전."

할 말을 찾는 라스벳의 어깨에 바나벨은 레기나가 그랬듯이 가볍게 오른손을 얹었다.

"용은 우리들이 반드시 해치울게. 마을에 대한 피해도 최대한 억제할 테고. …이쪽은 반드시라고 말할 수 없는 게 미안하지만."

포룡은 목숨을 건 일이다. 무슨 일이 일어날지 알 수 없다.

하지만 마을이야 어떻게 되든 상관없다고 생각하는 것은 아니다. 그것은 분명 말을 하지 않아도 전해졌을 것이다. 바나벨의 눈동자를 가만히 들여다보고 있던 라스벳은 이윽고 고개를 끄덕였다.

"…절대 죽지 마세요."

망설이며 말하는 라스벳의 모습에, 아아, 그렇군, 하고 떠올렸다. 그녀의 모친은 용에게 당한 부상 때문에 죽은 것이다. 주체하지 못하는 분노와 두려움은 자신들의 몸을 걱정한 것이기도 했다. 그것을 깨달은 바나벨은 가슴이 뜨거워지는 것을 느꼈다.

물론이야 하고 대답하려고 했을 때,

"당연하지."

미카가 말했다.

"잡은 용을 손질해서 먹을 때까지는 절대 안 죽어. 그게 용잡이니까 말야."

녀석은 어떤 맛이 나려나?

사냥감을 노리는 짐승 같은 시선을 하늘로 던지는 미카의 모습에 라스벳이 눈을 깜빡거렸다. 그러다 훗 하고 미소를 지은 후,

"잘 부탁드릴게요."

라스벳은 깊이 고개를 숙였다.

처음 만났을 때와 같은 용잡이에 대한 불신은 더 이상 보이지 않았다.

◆

네벨시 상공에 용이 나타나는 것 자체는 드물지 않다. 다만 대개는 위협포로 물리치거나 정박해 있는 용잡이들이 마을에서 떨어진 상공에서 해치웠기에 라스벳의 생활을 위협하거나 하지는 않았다.

용에 의해 큰 피해를 입은 것은 라스벳이 기억하는 한두 번뿐이다. 하지만 그 두 번은 라스벳으로 하여금 용과 용잡이들을 증오하게 만들기에는 충분한 경험이었다.

어린 시절 구름을 가르고 나타나기를 그렇게나 고대했을 때에는 조금도 나타날 낌새를 보이지 않았던 주제에, 필요 없을 때에는 습격했다. 7년 전에도 그랬다. 그 무렵은 위장이 약해져 있던 아버지의, 안 그래도 없던 입맛이 더 떨어져서 빵빵했던 배가 거짓말처럼

꺼져가는 것을 지켜볼 수밖에 없던 나날이었다. 용이 습격한 것은 하필이면 의사에게서 석 달을 버티면 다행이라는 말을 들은 직후의 일이었다.

용의 도래를 알리는 경보가 마을에 울려 퍼졌을 때 아버지는 튀어 오르듯 침대를 빠져나와 창 밖으로 몸을 내밀었다. 어딨어? 용은 어딨냐고? 그렇게 헛소리처럼 중얼거리더니 눈을 번뜩이며 달려 나갔다. 어디에 그런 힘이 남아 있었는지 모를 정도의 민첩함으로 방을 뛰쳐나간 아버지를 라스벳은 뒤에서 끌어안았다. 내가 요리해주겠다, 해치워주겠다 하며 씩씩거리는 아버지를 필사적으로 말렸다. 부탁이니까 가만히 있어. 집 안에 있어. 위험하니까. 하지만 그렇게 애원하는 라스벳을 아버지는 혼신의 힘으로 뿌리쳤다.

결국 기세만 등등했지 후들거리는 발걸음으로 계단을 내려가다 발을 헛딛던 아버지는 엉덩이부터 미끄러져 떨어졌다. 떨어진 곳의 벽에 이마를 부딪친 충격으로 정신을 차렸는지 아버지는 2층에서 멍하니 내려다보는 라스벳에게 겸연쩍게 웃었다.

—틀렸구나. 이래선.

그 미소가 견딜 수 없이 애절했다.

그 무렵엔 아직 다리가 멀쩡했던 알마가 소리에 놀라 무슨 일인지 보러 와주었기에 둘이서 아버지를 안아 들고 다시 침대에 눕혔다. 무사히 포획되었으니 출하된 싱싱한 고기를 함께 요리하자고 라스벳은 말했다. 몸져눕기 전부터 오랫동안 조리장에 서지 않게 된 아버지에게.

그때 용이 파괴한 것은 유복한 시민의 주거 지역이었던 까닭에 마을에 큰 영향은 없었다. 딜크네 집 지붕도 무너졌다고 하지만 그것 때문에 그의 진학에 지장이 생겼다는 말은 듣지 못했다. 일을 마친 용잡이들이 술에 취해 무례하고 거만했던 것은 분명했지만 피해가 미친 것은 건물뿐이었기에 용의 크기에 비해 선방했다며 사람들도 기뻐할 정도였다.

그래서 사실 라스벳이 용잡이들을 미워할 이유 따윈 적어도 7년 전에는 없었을 터였다.

하지만.

—저기, 라스. 어떤 용이었니? 컸니? 빛나고 있었니? 앵커는? 박혀 있었니?

용이 포획된 후에도 이야기를 보채는 어린아이처럼 라스벳에게 계속 묻는 아버지의 얼굴이 뇌리에서 사라지지 않는다. 용의 도래는 아버지에게 과거의 기억을 일깨웠고, 그래서 가장 행복했던 시절로 돌려보내주었다. 식중독을 일으켰던 것도 잊고, 조리장에 서는 것에도 의욕적으로 변해서 그에게 삶의 희망조차 준 것처럼 보였다.

—레일라에게 먹여주고 싶어, 그 용을.

—네 엄마는 용고기를 정말 좋아했거든.

아버지의 말을 들을 때마다 슬펐다.

라스벳의 현실과 아버지의 꿈이 너무나 동떨어져 있다는 것을 깨우쳐주었기에.

어머니가 살아 있을 때와 지금을 오가면서 아버지는 용에 대한 이야기만을 듣기를 원했다. 날개는 어떤 모양이었는지, 다리는 몇 개였는지, 전신은 비늘에 덮여 있었는지. 아버지가 이렇게나 용에 흥미가 있었나 싶었을 만큼 라스벳이 방을 찾아올 때마다 질문 공세를 퍼부었다.

그로부터 3주일 후 영원한 잠에 들 때까지 쭉.

아버지는 평온한 얼굴로 죽었다. 그래서 그것은… 라스벳의 용잡이들에 대한 혐오는 그저 화풀이에 지나지 않았다. 아버지를 하늘에서 죽게 해주지 못한 원인의 일단이 자신에게도 있다는 게 한심하고 분해서 견딜 수 없었다.

―알고 있었어. 내가 쭉 떼를 쓰고 있었다는 것 정도는.

퀸 자자 호에서 내려 갑판 위에서 분주하게 준비를 계속하는 바나벨을 올려다본다. 이제는 그들이 하늘을 나는 것을 올려다보고 기다릴 수밖에 없다.

크게 숨을 들이마시고 내뱉는다.

알마가 걱정이었다. 그 다리로는 여차할 때 혼자서 도망칠 수 없을 것이다. 바나벨이 말했던 대로 지금은 실의에 빠져 있을 때가 아니다. 라스벳은 돌로 된 바닥을 걸어서 알마가 기다리는 집으로 서둘러 향했다.

시온과는 시계탑 앞에서 만났다. 그 또한 알마를 걱정해서 집으로 돌아가는 도중인 듯했다.

"…무사해서 다행이야."

눈물을 보인 게 분해서 일부러 쌀쌀맞게 말하자 시온은 꿰뚫어 본 듯 히죽 웃었다.

"내가 어머니와 너를 두고 먼저 죽을 것 같아?"

"자기 위치에서 벗어나도 되는 거야?"

"어머니의 다리가 안 좋은 것은 다들 알고 있으니 말야. 수도원

지하에 대피호가 있지? 어머니와 이웃 사람들을 그곳까지 유도한 후에 다시 돌아갈 거야."

돌아가지 않았으면 좋겠다는 게 라스벳의 본심이었지만 비상사태에 그런 떼를 쓸 수 있을 리 없다. 거의 달리듯 시온과 나란히 걸으면서 물었다.

"위협포가 통하지 않았네."

"응. 오히려 역효과였는지 더욱 난폭해졌어."

"지금까지의 용은 얌 냄새를 싫어해서 일시적으로나마 물러났잖아. 위해를 가한 것도 아닌데 어째서…."

"글쎄? 콧구멍의 구조가 다른 녀석들과 다른 건지, 아니면 너무 놀라게 한 건지…. 일단 빛을 계속 반사해서 하늘로 위장하는 것을 막고는 있지만 슬슬 한계겠지. 학습 능력이 뛰어나서 빛과 하늘의 중간색을 배우기 시작한 모양이야."

조금만 방심해도 어느샌가 하늘에 녹아 있었다고 한다.

라스벳은 수도원의 스테인드글라스를 떠올렸다. 그곳에 그려져 있던 용은 좀 더 추상적이어서 지금 하늘에 있는 것과 같은 용이라고는 도저히 말할 수 없다. 하지만 한 개의 날개라는 특징을 가지고 있는 이상, 그게 전설에 나오는 용이라는 것은 틀림없다고 여겨졌다.

"그 용은 우리들의 행위를 바로잡기 위해 습격한 거라잖아."

마을을 지키는 태양신의 화신으로서. 인간에게 시련을 부과하기 위해.

그렇다고 하면.

"우리들은 무슨 벌을 받고 있는 걸까?"

"…아무런 벌도 받고 있지 않아."

드물게도 내뱉는 듯한 어조로 시온은 말했다.

"세계는 우리들을 중심으로 돌고 있는 게 아니야. 무엇에든 이유가 있다고 생각하는 것은 너의 나쁜 습관이야, 라스."

아버지에 대해 말하고 있는 걸까? 한순간 의심한다. 옛날부터 시온은 네 탓이 아니야 하며 종종 위로해주곤 했기에. 하지만 곧 그건 아닐 거라고 생각했다. 이것 또한 지나치게 자신을 중심으로 한 생각이다. 시온은 그저 원래부터 그런 성격인 것이다. 개인의 형편과 감정에서 이유를 찾는 것을 몹시 싫어한다.

"그 용은 그 용의 형편에 따라 오늘 이곳에 나타난 거야. 그 이유를 알면 격퇴할 방법도 있을 것 같은데."

미간을 좁히고 생각에 잠기면서 시온은 걸음을 재촉했다. 그런 그를 뒤쫓다 보니 숨이 차올랐다. 시온은 태연한 얼굴을 하고 있다. 과거엔 라스벳보다 체력이 떨어졌을 텐데 어느 틈에 이렇게나 차이가 생기고 만 걸까.

"알 것 같아?"

"몰라. 하지만 찾을 수밖에 없잖아."

머리 위에서 프로펠러 소리가 울려 퍼졌기에 두 사람은 걸음을 멈추었다. 올려다보니 퀸 자자 호가 자신들과 비슷한 크기의, 아니, 어쩌면 조금 더 클지도 모르는 거대한 용을 향해 날아가고 있었다.

"아…, 또 사라졌다."

시온의 말대로 눈 깜짝할 사이에 용은 어둠 속으로 모습을 감추고 말았다. 그때마다 관제탑이 있었던 부근에서 빛이 번뜩여 다시 포착하는 것을 반복하고 있다. 투광기라도 적재한 것인지 퀸 자자 호에서도 파르스름한 빛이 번뜩인다. 다른 색을 비춤으로써 조금이라도 용의 은폐를 막으려는 것이리라.

여러 가지 색깔로 변색하는 용은 마치 하늘에 걸린 무지개 같았다. 이런 때인데도 한순간 넋을 잃고서 보고 만다. 가까운 곳에서 보고 있는 선원들도 같은 심정 아닐까? 그래서 용에게 그렇게나 이끌리는 걸까? 그런 생각이 스쳤을 때 지상에서 잇달아 위협포가 펑펑 발사되었다. 용이 다시 바오오오오오옹 하는 기괴한 포효와 함께 몸을 구부렸다.

"위협을 계속하는 것은 퀸 자자 호의 지시야. 조금이라도 용이 마을에서 멀어지게끔."

"…그렇구나."

"좋은 사람들이야, 그 사람들."

응. 라스벳은 솔직하게 수긍했다.

약속을 지키려 하고 있다고 생각하니 마음이 약간 따뜻해졌다. 하지만 지나치게 마을을 배려하면 위험하다는 것 정도는 라스벳도 알고 있다. 어머니는… 얼굴도 기억하고 있지 않지만 꽤 우수한 작살수였다는 그녀는 순간적인 기습에 의해 부상을 입었고 그것이 원인이 되어 이 세상을 떠났다.

저 용은 만만치 않을 것이다. 삼킨 침이 꿀꺽 소리를 내며 목구멍을 통과했다.

"…가자. 우리들이 보고 있어봤자 별수 없어."

라스벳이 아니라 스스로를 타이르듯 중얼거린 시온의 목소리에는 자신의 무능력을 책망하는 듯한 느낌이 있었다.

하지만 그런 오빠의 얼굴이 라스벳에게는 왠지 지금까지 본 것

중 가장 믿음직해 보였다. 말하면 쑥스러워할지, 바보 취급한다고
화를 낼지 알 수 없지만, 어느 쪽이 되었든 성가시기에 절대 말하지
않기로 했다.

퀸 자자 호의 무사를 기원하며 라스벳은 오빠와 함께 알마에게
가는 발걸음을 다시 재촉했다.

◆

"제기랄, 계속해서 색깔을 바꾸는군."

갑판 앞쪽에서 포룡포를 든 깁스가 성가시다는 듯 중얼거렸다.
모습을 감출 가능성이 있는 것만으로도 여느 때 이상으로 서둘러서
밧줄이 달린 앵커를 그 거대한 몸에 박아 도망치지 못하도록 할 필
요가 있었다. 하지만.

"비늘이 너무 빼곡해."

고글과 헬멧을 장착한 미카의 목소리에 긴장감은 없었다. 하지만
졸린 듯한 눈과는 반대로 머릿속에서는 어떻게 해야 해치울 수 있
을지 복잡한 계산을 하고 있다는 것은 바나벨도 알 수 있었다.

"얼마나 단단할지에 따라 다르지만 앵커가 튕겨나갈 가능성도 있
어."

"그래. 큰 바람이 없는 게 그나마 다행이지만…."

"아, 하지만 아까 기성을 내질렀을 때 비늘이 곤두서지 않았어?"

끼어든 것은 니코였다.

"그 순간을 노리면 앵커가 쉽게 박힐지도 몰라."

"위협포가 발사된 순간이 승부처인 셈이군."

깁스는 조준을 하려는 듯 눈을 가늘게 떴다.

"또 그 날카로운 소리를 내지 않았으면 좋겠지만 말야……. 아까 그 아가씨가 말한 것처럼 이런 거리라면 배 자체가 파괴될 수 있으니."

"올라탈까?"

대수롭지 않게 말한 것은 미카였다.

"미리 올라타두면 비늘이 곤두선 순간에 급소를 노릴 수 있어."

"바보. 너는 일어난 지 얼마 안 된 몸이잖아! 평소 이상으로 무리를 하지 마!"

하지만 깁스의 충고는 미카의 귀에 도달하지 않았다.

"먹음직하게 살이 오른 상태 같군."

그렇게 말하고 나서 그저 용만을 그 눈동자로 똑바로 쳐다보는 것을 보고 동료들은 기가 막힌 듯 시선을 교환했다.

◆

사주장 요시와 경리 리. 그리고 나이가 좀 많은 탓인지 어린 타키타와 지로와 마찬가지로 회복이 늦은 바코와 바다킨. 지상에 남기로 정해진 그들과 함께 타키타는 무너진 관제탑 밑에서 포격 준비를 돕고 있었다. 사실은 회복이 늦어서 폐를 끼친 만큼 하늘에서 포롱에 참가하고 싶었다. 하지만 제 컨디션에 가깝다고 해도 위장 한 구석이 아직도 쿡쿡 쑤시는 것은 분명했다.

위협포를 포대에 장착하면서 몰래 내쉰 한숨은 옆에서 작업하고 있는 지로의 한숨과 겹쳐졌다.

"지로 씨, 기회만 생기면 오토 자이로로 용에게 접근할 생각이죠?"

"그건 너겠지. 너라면 그렇게 할 거라 생각하니까 다른 사람들까지 의심하는 거야."

피차 진심으로 하는 말은 아니었다. 그것을 알고 있기에 두 사람은 다시 한번 한숨을 내쉬었다.

먼저 회복한 것은 지로였다.

"뭐 위협하는 것도 중요한 역할이니 말야. 가가의 말대로 언제 지상으로 접근할지 모르고."

그것을 위해 그들도 배에 있을 때와 같은 장비—제복, 가죽 장갑, 헬멧, 고글 등—를 착용하고 있다. 언제든 들고 싸울 수 있도록 포룡총과 파일 랜스도 준비해두었다.

"과연 큰 배는 다르네요. 좋은 스턴 랜스와 독화살이 갖춰져 있어요."

포르투이호에서 가져온 무기를 보면서 리가 감탄하는 목소리를 냈다. "우리 예산으로는 절대 무리로군요…"라면서 수염을 쓰다듬으며 투덜거리는 리를, "어느 것이든 미카가 잘 쓰려고 하지 않으니 우리 배에 있다고 해도 돼지에 진주목걸이야"라며 지로가 흘끗 보았다. 그건 그렇다며 그 자리에 있는 모두가 웃었다.

"미카 씨는 굉장해요. 용 때문에 식중독에 걸린 것일지도 모르는데 또 먹을 생각을 하다니."

어이가 없다기보다는 선망을 담아 타키타가 말하자 바로바로 쓸 수 있도록 탄과 장약을 함께 늘어놓고 있던 요시가 어색한 듯 시선을 이리저리 돌렸다.

"정말 그것을 먹은 게 원인이려나?"

"그것?"

술자리에 없었던 타키타와 지로, 그리고 리가 고개를 갸웃거렸다. 바코는 아, 그거 말이지? 라며 호쾌하게 웃었다.

"그랬다면 그런 한심한 일도 없군."

"뭔가요? 그거라는 게. 식중독의 원인을 알아냈나요?"

몸을 앞으로 내밀고 묻는 타키타에게,

"그러니까… 말야!"

요시는 될 대로 되라는 식으로 소리쳤지만 때마침 머리 위를 날아간 퀸 자자 호의 큰 엔진 소리가 그 소리를 지워버렸다. "네~? 뭐라고요~?" 라고 되묻는 타키타에게 요시는 입을 다물고 말았다. 어지간히 말하고 싶지 않은 듯하지만 그런 부끄러운 것을 먹은 기억이 없는 타키타로선 뭔가 석연치 않았다.

바다킨은 큭큭 어깨를 떨며 웃었다.

"잘 모르겠지만 가능성은 높다는 이야기야. 거 뭐냐, 너도 흥미진진하게 먹었잖아. 다른 여자들 몰래."

"…그거 말이군."

타키타보다 지로가 먼저 떠올렸는지 드물게도 얼굴을 붉혔다.

"확실히 그것 때문이라면 여자들에게 말하는 것은 좀 망설여지는군요."

리도 쑥스러운 듯 안경의 위치를 연신 고쳤다. 그 말을 듣고 비로소 타키타도 떠올렸다.

모두가 픽픽 쓰러지기 시작하기 전, 밤중에 부엌에서 열렸던 남자들만의 회합을. 우연히 발견했을 때, 너는 아직 이르다며 쫓겨날 뻔했지만 호기심을 억누르지 못하고 그 식사에 참가하고 말았다.

"그러고 보니 페이가 제안한 거였지? 효과를 들은 적이 있다면서."

바다킨의 말에 바코가 고개를 끄덕였다.

"그래. 그리고 시험 삼아 먹어본 건 좋지만 딱히 별 영향도 없어서 다들 잊고 있었던 거야."

"좋아. 누가 물어보면 전부 페이 탓인 것으로 하자."

"아니, 아직 결정이 난 건 아니잖아."

좋지 않은 결론에 도달한 두 사람을 요시가 허둥지둥 말렸다. 하지만 리조차도 "그게 좋겠군요"라며 불온한 발언을 했다. 다들 바보로군 말하며 입술을 일그러뜨린 것은 지로였지만 적극적으로 반대는 하지 않았다.

타키타는 쓰게 웃었다. 알려진다 해도 딱히 여자들이 신경 쓸 것 같지 않은데. 지로 말처럼 다들 바보 같아서.

"자, 슬슬 시간이야. 몇 발 더 쏴서 위협하자고."

화약 확인을 마친 바코가 포대에 불을 붙였다. 고속으로 발사된 위협포는 용의 코앞에서 펑 하고 터졌다. 틈을 두지 않고 또 한 발. 다시 한 발. 기묘한 포효를 내지르며 공중에서 몸부림치는 용에게 퀸 자자 호가 앵커를 발사하는 게 보였다.

"칫, 빗나갔군."

단단한 비늘에 앵커가 튕겨나가자 지로가 혀를 찼다. 공격을 받고 분노했는지 치켜 올라간 용의 꼬리가 배를 노리는 것을 보고 모두의 표정이 급격히 굳었다.

"…걱정하지 마세요. 조준은 정확했으니까요. 앵커 발사는 깁스

씨의 역할이죠? 분명 다음엔 빗나가지 않을 거예요."

용을 노려보며 타키타가 말하자 그렇군, 하며 지로도 수긍했다. 아무리 격렬한 바람이 불고, 선체가 기울어 있다 해도 포룡포를 들고 있는 깁스의 실력은 흔들리지 않는다.

위협포의 충격에는 적응했는지 공기가 삐걱거리는 듯한 그 포효를 다시 지르는 일은 아직까진 없었다.

하지만 너무 연속으로 발사하면 어떻게 될지 알 수 없으니 상태를 봐가면서 적절히 쏘라는 게 깁스의 지시다. 그 적절하다는 게 어느 정도인지 마을 사람들은 물론이고 타키타도 아직 모르고 있다. 용의 상태와 배의 접근 상태를 봐가며 바코와 바다킨의 감에 의존하는 수밖에 없었다.

"다음에 대비하자. 지로, 포탄을 얻어 와."

"알았어!"

"여기 있습니다."

포탄이 들어 있는 나무상자를 아까의 전령이 동료와 함께 운반했다. 타키타 등과 비슷한 장비를 갖추고서 허리에 총을 차고 있는 그들의 표정 역시 완전히 초췌해진 상태였다.

"도와주는 것만으로도 도움이 됩니다. 목숨에 지장은 없다고 해도 포격수 역할을 할 수 있는 사람이 꽤 많이 당하고 말았거든요."

그 자리에 없었던 게 분한지 허벅지를 주먹으로 치는 그의 모습에, 다른 한 남자가 다독이듯 어깨에 손을 얹었다.

딜크라고 밝힌 그는 마을 의사 중 한 명이었다. 늘씬하고 키가 큰 미남인 그에게 방호복은 잘 어울리지 않았지만 이곳에서 도망칠 순 없다는 책임감이 그 눈동자에는 떠올라 있었다. 딜크는 땅에 내려놓은 나무상자를 가리켰다.

"이 포탄이 폭발하면 지금까지 썼던 것보다 강한 냄새를 내뿜을 겁니다. 인간의 코라면 몇 시간은 마비되겠죠. 용은 인간보다 코가 예민하다고 하니까 이번에야말로 도망쳐주면 좋겠습니다만."

"애당초 용이 얌 냄새를 맡으면 도망친다는 것은 확실한 정보인가요?"

확실히 지상에 있어도 위에서 쏟아지는 냄새가 강렬하게 느껴지긴 한다. 용이 관제탑을 공격하긴 했지만 결코 접근하려고 하지 않는 것은 냄새를 꺼리고 있는 증거라고 말할 수 없는 것도 아니었다.

하지만 현재 포격에 의해 흥분하는 일은 있어도 멀어지려고 하는 낌새는 보이지 않는다. 지금도 꼬리로 퀸 자자 호를 조준하고 사방 팔방으로 휘둘러서 파괴하려고 하는 것을 타키타는 조마조마한 심정으로 올려다보았다.

전령은 그럴 거라며 고개를 끄덕였다.

"적어도 지금까지의 용은 그랬습니다. 왜 저 녀석만이 물러나지 않는 건지 정말로 신기하… 에취!!"

이야기하다가 남자는 긴장감 없는 재채기를 성대히 하고 허리를 꺾었다. 그대로 몇 번이고 에취! 에취! 잇달아 괴로운 듯 몸부림친다.

"저, 저기… 괜찮나요?"

"…죄송합니다. 꽃가루 알레르기가 좀 심해서…."

어색한 표정으로 남자는 훌쩍거리는 코를 손수건으로 닦았다. 지금까지 몇 번이고 문질렀는지 자세히 보니 코 밑이 새빨갰다.

"올해는 특히 꽃가루가 심한 것 같아서 말이죠. 위협포 안에도 상당량이 섞여 있을지 모릅니다."

그렇게 말하는 딜크는 이 마을에서 생활한 기간이 얼마 안 되기 때문인지 딱히 영향은 없는 듯했다.

"음, 정말 그렇네…"라며 요시가 킁킁 코를 벌름거렸다. 물론 얌나무 자체가 처음인 타키타 등도 강렬한 냄새 외에 느끼는 것은 아무것도 없었다.

"네벨을 둘러싼 산에는 얌도 군생하고 있어서… 용으로부터 지켜 주는 데 빠뜨릴 수 없긴 합니다만 우리들에게도 성가신 존재지요."

원래라면 다 불살라버리고 싶다면서 전령은 다시 재채기를 연발하며 몸을 웅크린 채 괴롭게 신음했다. 그 모습이 아까 기성을 질렀던 용의 모습과 겹쳐졌기에 타키타는 무심코 웃고 말았다.

"그러고 보니 저 용도 재채기를 하고 있는 것 같네요."

미심쩍다는 표정으로 딜크가 미간을 좁히는 것을 보고 바보 같은 소리를 했나 싶어 타키타는 당황했다.

"아, 뭐냐, 그 바오~옹 이라고 이상한 포효를 내지르잖아요. 저 용은 울고 있다기보다 재채기를 하고 있는 것 같아서."

"너도 참 이상한 생각을 하는구나."

기가 막힌다는 듯 말하는 바코에게 타키타는 당황해서 빠른 어조로 잇달아 변명했다.

"미안해요. 농담이나 할 때가 아닌데. 잠깐 그런 생각이 들었다고 할까. …아, 맞다. 슬슬 시간이 되지 않았나요? 이 강력한 녀석을 쏴버리자고요. 의식을 분산시키는 편이 분명 미카 씨 쪽도 싸우기 쉬울…."

덥석, 강한 힘으로 누군가가 어깨를 잡은 걸 깨달았을 때에는 눈앞에 딜크의 얼굴이 접근해 있었다. 날렵하고 높은 코가 닿을 만큼 가까운 거리에 와 있어서 타키타는 무심코 숨을 삼켰다.

"저, 저기… 뭘….'

"너, 방금 뭐라고 했지?"

"네? 저, 저기, 그러니까 대포를….'

"그전에!"

흥분한 딜크의 콧바람이 타키타의 코끝을 스쳤다. 도망치려고 해도 강한 힘 때문에 빠져나갈 수 없었다.

"저, 저기… 재채기를 하고 있는 것 같다고….'

갈팡질팡하며 대답해도 딜크는 놓아주지 않았다.

도움을 요청하기 위해 돌아보니 지로 등도 곤혹스럽다는 표정을 짓고 있었다. 하지만 딜크는 개의치 않고 기세 좋게 타키타의 어깨를 세차게 흔들었다.

"그거야…! 그거라고! 너, 굉장하구나!"

"아니, 저기, 그러니까."

"위협포로 적을 내몰도록 해. 지금 당장!"

"저기, 하지만 그건 아까부터 하고 있는….'

"아니! 좀 더 의도적으로 말야!"

이번에 침이 튀어서 타키타는 우왓! 하고 눈을 감았다. 그래도 딜크는 멈추지 않았다.

"북쪽에 얌이 군생하고 있는 산이 있어. 거기까지 녀석을 내몰아. 그럼 분명 배에 있는 사람들도 눈치챌 거야. 포격 방향을 바꾸는 걸로 우리들의 의도를 전하는 거지!"

뭐가 뭔지 모르겠다.

하지만 확신에 가득한 딜크의 강한 어조가 지금은 따를 수밖에 없다고 생각하게 만들었다.

◆

자기 발로 걸을 수 있다고 저항하는 알마를 억지로 업고 시온은 하이룬그 수도원으로 통하는 산을 올랐다. 뒤에서는 이웃 사람들도 따르고 있다. 라스벳은 맞은편 집에 사는 노파의 손을 끌면서 발밑에 장애물이 있으면 치워주고 있었다.

"정말 시온도 참 극성이라니까. 평소에도 이 발로 잘 걷고 있는데 일까지 내팽개치고 일부러…."

"무리야. 엄마는 이 산을 못 오르잖아."

"괜찮아. 별로 멀지도 않은데."

"…하지만 다리가 멀쩡했던 2년 전에도 도망치는 게 늦었잖아. 안 그래도 굼뜨다는 걸 스스로 인식하라고."

"너도 참 밉살스러운 아이로구나!"

"아얏! 날뛰지 마. 떨어지잖아!"

"…정말 자상한 아이로구나, 시온은."

라스벳이 손을 끌고 있는 노파가 흐뭇한 광경을 보듯 눈을 가늘게 떴다.

"입이 너무 험해요, 두 사람 모두."

솔직하지 못하고, 덧붙이고 나서 그것은 자신도 똑같은 것 같아서 쓰게 웃었다.

멀리서 포격 소리와 엔진 소리가 메아리치고 있지만 조바심내지 않고 이렇게 어두운 밤길을 걸어서 대피할 수 있는 것은 앞에서 걷는 시온과 알마의 비상시라고는 생각되지 않는 말다툼 덕분일지도 몰랐다.

밤이슬 때문에 미끄러지기 쉬운 길은 조금만 방심해도 미끄러져 추락할 위험이 있다. 다리로 땅을 확실히 밟으면서 라스벳 일행은 한 발짝씩 신중하게 산을 올랐다.

"이봐, 이쪽이야!"

수도원에 다가가자 정원사가 촛불을 든 채 손을 흔들고 있는 게 보였다.

"미안하군. 나도 도우러 가고 싶었는데."

라스벳은 고개를 가로저었다. 젊다고는 할 수 없는 그는 고질적인 무릎 통증을 가지고 있었다. 이런 때 선의만으로 행동하다간 오히려 비극을 부를 수 있다.

대신 대피호를 정비해준 듯한 그의 안내에 따라 라스벳 일행은 예배당으로 향했다. 원장인 도리스가 서는 예배대 밑에 입구가 감추어져 있었다. 신의 가호와 가장 가까운 장소인 셈이다.

자신은 마지막이라도 괜찮다고 주장하는 알마에게 시온은 소태를 씹은 듯 떨떠름한 표정을 지었지만 한번 말을 하면 듣지 않는 어머니의 성격은 누구보다도 잘 알고 있기에 정원사와 함께 일단 다른 사람들부터 지하로 내려 보냈다.

알마는 굉음이 들리는 바깥이 걱정되는 듯 안절부절못하면서 스테인드글라스를 올려다보았다.

"저게 전설의 용이려나?"

"글쎄? 그 그림과는 전혀 안 닮았는데."

스테인드글라스에 그려져 있는 것은 태양처럼 환하게 빛나는 용의 모습이다. 흐린 하늘에 녹아 사라져버리는 창 밖의 용과는 전혀 다르다.

"그 용도 태양을 등지면 이런 식으로 빛날지 모르잖니."

"…아아, 그건 그러네. 배경색에 녹아드니까."

그렇다고 하면 옛날 사람들이 태양의 화신으로 착각하는 것도 무리는 아닐지도 모른다고 생각한다. 같은 색깔로 빛나는 용은 태양 그 자체로 보였을 것이다.

알마는 기도하듯 스테인드글라스를 향해 손을 모으고 고개를 숙였다.

"오빠가 한 말이 사실이었어. 나는 전혀 믿지 않아서 언제나 웃어넘겼는데, 미안한 짓을 했네."

"…아빠가요?"

아버지가 전설을 이야기하는 모습을 라스벳은 본 적도 없다.

알마는 깊고 조용한 숨을 내쉬었다.

"처음 너를 데려왔을 때 말했었어. 쫓고 있는 용이 있다고. 이 부근을 거점으로 하고 있고 목격담도 많으니까 어쩌면 전설의 용과 같을지도 모른다고 했지."

"쫓고 있었다고요…?"

"그러고 보니 역익이었을지도 모르겠다고 했던가. 나는 그런 동화 같은 이야기는 집어치우고 라스 곁에 있어달라고 언제나 시끄럽게 잔소리를 했지. …그도 그럴 것이, 이 부근을 거점으로 하는 배를 타고 싶다고 해도 운 좋게 그런 배가 나타날 리 없잖니?"

실제로 너는 언제나 홀로 이곳에 남겨져 외롭게 지냈고 말야.

알마의 독백에 라스벳은 믿기지 않는 심정으로 귀를 기울였다.

—아빠가? 용을 뒤쫓고 있었다고? 그것을 위해 배를 찾고 있었다고?

"숙모가 있어서… 네벨에 온 거 아니었나요?"

"우연이었어. 내가 이곳에 살고 있어서 다행이라며 웃더구나. 정말 옛날부터 약삭빠른 사람이었다니까. 나를 귀여워해주기는 했지만 아무리 말려도 듣지 않고 하늘로 떠나버린 사람이었으니 말야."

—저기, 라스. 용은 컸니? 빛나고 있었니?

죽기 전에 아버지가 한 말이 되살아난다.

그것은 그저 흥미가 끌려서 물어본 게 아니었던 건가? 그동안 아버지의 머릿속에는 오로지 용 한 마리의 모습만이 있었던 건가?

—등에 앵커는 박혀 있었니? 천은? 오렌지색 천인데.

—저기 붉은 끈 같은 게 휘날리고 있는 게 보여?

아버지의 목소리와 미카의 목소리가 겹쳐진다.

앵커에 달려 있던 천.

가늘고 빨간색에 가까운 색깔의.

—설마.

"라스벳, 무사해서 다행이구나."

두근두근 혈액이 맥박이 치는 것을 느끼면서 라스벳은 애써 냉정하게 이름을 불러준 사람에게 대답했다.

"…원장님."

이런 때에도 도리스의 표정은 온화해서 그곳만 시간이 멈춘 듯한 느낌이었다. 다리를 다친 이후 예배당과는 멀어져 있던 알마는 오랜만에 만난 원장의 모습에 송구스러워했다.

"어머, 도리스 님, 이번엔 이렇게 폐를 끼치게 되어서."

"무슨 말씀이세요. 예배당은 사람들을 위해 열려 있습니다. 자, 당신들도 어서 대피호로 가시길."

온화한 권유에 알마는 조금 전까지의 완고함이 거짓말이었던 것처럼 순순히 따랐다.

대피호에서 올라온 시온이 이제야 올 생각이 든 거냐며 안도한 표정으로 어머니의 손을 붙잡고 되돌아갔다. 하지만 라스벳은 그자리에서 움직일 수 없었다.

"왜 그러니?"

재촉하는 게 아니라 언젠가의 아침과 마찬가지로 도리스는 자상하게 라스벳의 얼굴을 들여다보았다. 라스벳은 치맛자락을 꽉 움켜쥐었다.

"전… 가봐야 해요."

그 말밖에 입 밖에 낼 수 없었다.

"원장님. 전 그 사람들을 내버려둘 수 없어요."

"그 사람들?"

"용잡이들 말예요. 우리들 대신 싸워주고 있는."

만약 라스벳의 상상이 맞았다면.

그들에게 싸움을 맡기고 자신만 숨어 있을 순 없다. 도리스는 처음으로 내키지 않는 듯한 표정을 지으며 미간을 좁혔다.

"사람에게는 각각 직분이라는 게 있습니다. 수행해야 하는 사명과도 같은 것이."

타이르듯 차근차근 도리스는 이야기했다.

"당신이 할 일은 요리를 만드는 거지 싸우는 게 아닙니다. 지금은 숨어 있는 게 최선의 길이겠죠. 그들이 돌아오면 기운을 회복하는 요리를 또 만들어주면 됩니다."

"…그게 아녜요!"

라스벳은 고개를 저었다.

이런 식으로 도리스에게 저항하는 것은 처음이었다.

"저는 요리사이긴 하지만… 약선에 특화된 요리사예요. 허브와 식물을 이용해서 모두를 치료할 수 있지요."

도리스는 엄격한 표정으로 묵묵히 귀를 기울이고 있다.

"저에게도 분명 할 수 있는 일이 있을 거예요. …그러니까."

"그렇다면 함께 돌아가자."

알마를 바래다주고 온 시온의 목소리가 예배당에 울려 퍼졌다. 반론을 허락하지 않는 그 말투에 도리스의 표정이 흠칫 흔들렸다.

"저는 안내인과… 관제탑을 맡고 있기에 마을에 피해가 생기지 않도록 입구에서 틀어막는 게 일입니다. 라스벳도 마찬가지지? 마을 사람들의 건강을 지키는 게 네 일이야."

응. 라스벳이 고개를 끄덕이자 두 사람의 결의가 확고하다는 것을 깨달았는지 도리스는 고개를 기울이고 작게 웃었다.

"정말 당신들 남매는 못 말리겠군요. 다른 사람 말 따윈 전혀 안 들어요. 특히 라스, 당신은 크라우스……, 아버지와 정말 닮았습니다."

그 말에 라스벳은 문득 도리스는 알고 있지 않을까 생각했다. 아버지가 찾고 있었던 것. 뒤쫓고 있었던 것. ─모를 리가 없다. 수도원은 참회하는 장소이기도 하다. 아버지가 품고 있던 마음을 토로했다면 그것은 도리스 앞에서뿐이다.

"노트를 보세요, 라스. 분명 당신을 도와줄 겁니다."

노트…? 라스는 집에 두고 온 아버지의 레시피를 떠올렸다. 용의 포획이 아버지의 염원이었다면 확실히 단서가 남아 있을 가능성이 높았다. 고맙습니다. 고개를 숙이는 라스벳에게 도리스는 여느 때처럼 두 손을 모으고 고개를 약간 숙였다.

"당신들에게 하늘의 은혜가 있기를."

지켜보는 도리스에게 등을 돌리고 라스벳은 시온과 함께 달려 나갔다.

만약 그 용이 아버지가 찾고 있던 용이라고 하면.

그 이유가 라스벳이 상상한 대로라고 하면.

그 용을 해치우는 모습을 끝까지 지켜봐야 한다.

◆

기성을 지르기 전에 발사해야 한다는 것을 깨달은 깁스의 행동은 신속했다. 공중에 늘어진 끈 달린 앵커를 끌어올려 다시 장착한 후, 그때가 오기를 초조한 마음으로 신중하게 기다린다.

이윽고 지상에서 폭음과 함께 바람이 배를 밀어내는 낌새를 탐지하자 방향탄이 폭발하기 직전에 앵커를 발사했다. 거대한 몸을 구부리며 아까보다 통렬한 비명을 내지른 그 순간, 앵커는 옆구리에 깊이 박혔다.

"좋았어!"

하지만 주먹을 치켜올렸던 니코는 곧 얼굴을 찡그리고 심하게 콜록거렸다. 고글을 끼고 있음에도 눈이 시릴 정도의 냄새에 바나벨도 무심코 입을 막았다. 하지만 그러고 있을 틈도 없이 배를 노리고 있던 용의 꼬리가 더욱 격렬하게 위아래로 꿈틀거렸다. 창처럼 뾰족한 꼬리 두 개는 바나벨과 미카가 어찌어찌 절단했지만 예리함은 잃어도 힘을 잃지는 않았는지 날뛰는 꼬리는 그것만으로도 충분한 위협이었다.

페이와 소라야, 니코와 오켄이 각각 하나씩 상대하고 있는 사이에 바나벨은 어떻게 해야 본체를 해치울 수 있을지 생각을 굴렸다. 그러는 사이에 위협포가 잇달아 발사되나 싶더니 용의 코앞에서 터졌다.

"…뭐지? 아까와는 궤도가 다르네?"

깁스가 중얼거린 옆에서 미카도 조용히 포탄의 궤도와 용의 움직임을 관찰했다.

"유도할 방향을 정한 것 아냐?"

그렇게 말한 직후에 다시 포가 작렬했다. 용의 몸이 약간 북쪽으로 쏠린다.

"북쪽으로 데려가라는 것 같아."

"그렇다면 앵커로 연결된 지금이 기회로군. …이봐! 선교에 연락해. 북쪽으로 전진! 그리고 밤 랜스 준비!"

깁스의 지시에 가가가 알았다고 소리쳤다.

꽤 애를 먹긴 했지만 어떤 색으로 변하든 이제 용을 놓칠 일은 없다.

북쪽으로 가면 다음에 향할 곳은 구름 위이다. 구름을 뚫고 달빛이 내리쬐는 곳까지 가면 용도 쉽게 은폐할 수는 없게 될 것이다.

"해치우자."

씨익. 미카의 입꼬리가 올라갔다.

마을에서 멀어진다면 더 이상 힘을 아낄 필요가 없다.

지금이야말로 퀸 자자 호의 진가를 발휘할 때였다.

제 7 화

북쪽에 솟아 있는 산이 다가옴에 따라 용의 낌새는 조금씩 이상해졌다.

바오, 바오, 잘게 떨리는 숨을 내뱉고 몸을 비트는 용이 꼬리로 불규칙하게 갑판을 내리치려 하면 니코 등이 포룡총으로 밤 랜스를 쏴서 격퇴하고 있다. 메인이 평소보다 화약의 양을 늘려준 덕분에 확실히 대미지를 입었을 텐데 흥분한 탓인지 피를 흘리면서도 계속 폭주하고 있다. 어찌어찌 틀어막으려는 니코 팀을 엄호하기 위해 포르투이호에서 탑승한 용잡이들도 검으로 베었다.

너무 괴로운 나머지 한시라도 빨리 이곳에서 도망치고 싶다는 듯 용은 꼬리를 파닥거리면서 앞으로 돌진하려 하고 있었다. 덕분에 입이 배를 향하고 있지 않아서 다행이었다. 내뱉은 숨결이 배에 맞으면 그것만으로도 갑판에 있는 전원이 날아가버릴 수 있으니까.

전진하는 용에게 끌려가지 않도록, 그리고 튕겨나가지 않도록 조종하는 것은 매우 어려운 일이 분명했다. 솜씨가 확실하다고는 해도 카펠라는 평소에 크로코의 보조를 맡고 있다. 메인도 그렇다. 결코 튼튼하다고는 할 수 없는 퀸 자자 호의 엔진이 폭주하지 않도록 상태를 살피면서 용에 대항할 수 있는 동력을 내는 것은 쉬운 일이 아니다.

마치 줄다리기처럼 용과 퀸 자자 호를 잇고 있는 팽팽한 밧줄을 보면서 지금의 긴장 상태를 나타내는 것 같다고 바나벨은 생각했다.

"뭐가 그렇게 괴로운 거지?"

본체를 향해 밤 랜스를 쏘면서 바나벨은 얼굴을 찡그렸다.

위협포의 움직임에 따라 북쪽으로 이동한 것은 좋지만 용은 더욱 광폭해질 뿐 아무런 해결책도 발견되지 않는다. 잘못 읽은 건가? 불신하는 표정을 지어보지만,

"하지만 이쪽을 공격하려는 의지는 약해졌어."

깁스가 조준하면서 중얼거렸다.

공격할 상황이 아니라고 하는 편이 올바를지도 모른다.

비늘이 계속 곤두서 있는 덕분에 밤 랜스는 튕겨나가는 일 없이 용에 박혀 체내에서 폭발하고 있는 듯하다. 하지만 꼬리와 마찬가지로 아무리 쏴도 그게 치명상이 될 낌새는 없다는 게 답답했다. 통각이 무딘 걸까? 아니면 용을 괴롭히고 있는 '무언가'가 그 이상으로 강력한 건가?

"…바람이려나?"

미카가 작게 중얼거렸다. 킁킁, 여느 때처럼 코를 벌름거리더니 작게 에취 하고 쓸데없이 귀여운 재채기를 한다.

"이 부근의 바람은 습한 나무 냄새가 나. 저 용은 그게 싫은 게 아닐까?"

"습한 나무…?"

〈용의 송곳니〉에서 에라가 재채기를 했던 것을 바나벨은 떠올렸다. 북쪽에서 바람이 강해진 후로 꽃가루 알레르기가 심해졌다고 했다. 에취 하고 재채기를 하는 미카. 바오바오 하고 숨을 내뱉는

용. 모습도, 목소리도 다르지만 어딘지 둘이 겹쳐 보여서 바나벨은 어느 가능성을 도출했다.

—꽃가루 알레르기? …용이?

바나벨은 눈을 깜빡거렸다. 설마 그런. 들어본 적도 없다. 하지만 용의 생태는 아무도 해명하지 못하고 있는 것이다. 역익룡이 이 부근을 거점으로 삼고 있다면 네벨 시민들과 마찬가지로 꽃가루 피해를 입고 있다고 해도 전혀 이상하지 않다.

거대한 몸을 크게 흔들면서 용은 기성을 계속 지르고 있다.

그 상징인 역익만은 어딘지 우아하게 하늘하늘 바람에 나부끼고 있었다. 그대로 날아가버릴 것같이 경쾌해서, 용의 육체 중 그곳만이 이질적이었다. 그래서 선조들은 네 개의 강력한 꼬리가 아니라 저 역익을 별칭으로 삼은 건가? 그런 것을 생각하고 있자니,

"스턴 랜스를 씁시다!"

땀으로 흠뻑 젖어 있는 포르투이호의 남자 선원이 달려왔다.

"소량이지만 강력한 게 있습니다. 저 정도 크기의 녀석이라도 움직임을 멈추는 데는 충분할 겁니다."

"안 돼."

미카가 한마디로 일축했다.

"스턴 랜스를 쓰면 고기가 맛없어진다고."

남자는 믿기지 않는다는 듯 눈을 부릅떴다.

"지금 그런 소리나 하고 있을 때입니까?!"

"중요한 거잖아. 그리고 아직 방법은 있어."

"방법…? 그런 게 어디에."

"올라탈 생각이야?!"

안색을 바꾸며 소리친 것은 깁스였다.

보내주지 않겠다는 듯 미카의 어깨를 힘껏 붙잡는다.

"안 돼. 자각 못 하고 있을지도 모르지만 너치고는 하체의 힘이 부실해. 너무 위험하다고!"

바나벨도 동감이었다.

용에 대한 후각은 여전히 뛰어나다. 하지만 그에 비해 몸의 반응은 여느 때보다 조금씩 늦었다. 여느 때의 미카라면 구명줄의 후크를 로프에 걸고 미끄러져 건너가면 쉽게 올라탈 수 있을 것이다. 그 뒤에는 등까지 기어 올라가서 뒤에서 급소를 노리기만 하면 된다.

하지만 구명줄을 푼 후에는 자신의 균형 감각에만 의존해 비늘투성이 피부 위를 달려야 한다. 조금만 반응이 늦어도 치명적이다.

미카는 얼굴을 찡그렸다.

"그럼 어떻게 할 거야? 이대로 밤 랜스를 계속 쏴봤자 끝이 없고, 스턴 랜스를 쏴서 온몸을 마비시킨다 해도 올라타지 않으면 숨통은 끊을 수 없다고."

"그렇다면 내가 갈게."

"이봐, 바니!"

허둥대는 깁스를 바나벨은 곁눈으로 제지했다.

깁스도 알고 있을 것이다. 지금 이 갑판에 있는 사람 중에서 그렇게 할 수 있는 사람은 바나벨뿐이라는 것을.

"하지만 그전에 구름을 뚫고 나갈 필요가 있어. 지금 이대로로는 발을 헛디딜 우려가 있으니까."

바나벨의 말에 전원이 시선을 용 쪽으로 되돌렸다.

기성을 지를 때마다 용은 몸의 색깔을 얼룩덜룩 바꾸었다. 위장

할 기력과 체력을 잃은 것일지도 모르지만 아직 힘이 다한 것은 아니다. 오히려 흐린 하늘의 어둠 속에 녹았다가 떠올랐다가를 반복하고 있는 만큼 눈이 적응하지 못하기에 더 성가시다.

깁스는 못 말리겠다는 듯 이마에 손을 얹었다. 바나벨이 제안이 아니라 결정 사항을 이야기하고 있다는 것을 깨닫고, "원, 참, 난처한 부분만 닮았다니까"라며 한숨을 쉬었다. 하지만 깁스도 몸 상태가 완벽하다면 바나벨과 같은 선택을 할 게 뻔했다.

받아들이지 못하고 있는 것은 포르투이호의 남자뿐이었다. 농담이죠? 스턴 랜스를 쓰면 되잖아요, 하며 망연자실해 있는 그를 무시하고 깁스는 크게 소리쳤다.

"선교에 전달! 구름 위까지 단숨에 상승!"

그 말을 듣고서 가가가 전성관에 대고 똑같은 말을 복창했다.

때마침 소라야가 허둥지둥 꼬리 하나를 격추한 참이었다. 포효를 계속 내지르는 용의 눈동자 색깔이 더욱 진한 빨간색으로 변한 것을 눈치챈 것은 미카뿐만이 아니었다. 이런! 하고 경계했을 때에는 용이 무수히 많은 날카로운 이빨을 드러내고 선회해서, 명확한 의사를 가지고 퀸 자자 호를 덮치려 하고 있었다.

포룡총에 밤 랜스를 장전하고 눈을 향해 쏜다.

피해버렸지만 행동을 늦추는 데는 충분했다. 갑판 위로 상륙하려는 용을 뿌리치듯 격렬한 엔진 소리와 함께 배가 기울더니 구름 위를 향해 가속했다.

"다들 떨어지지 않도록 단단히 붙잡고 있어!"

미카와 바나벨은 미끄러져 떨어지지 않도록 포룡총으로 몸을 지탱하면서 잇달아 밤 랜스를 쏘았다. 말로 하지 않아도 두 사람이 노리는 곳은 같았다. 용의 목구멍 안이다. 입을 크게 벌리고 덮쳐온 덕분에 쉽게 명중했고, 화살과 함께 몸 안으로 들어간 화약통이 잇달아 폭발했다. 지금까지의 공격 중에서 가장 효과가 있었는지 포효가 약간 삐걱거렸고, 그와 동시에 고막을 얼얼하게 자극하는 고음이 섞였다.

그 위험한 포효가 온다.

깨달은 미카가 곧바로 추가 화약통을 총에 장전했다. 고음을 낼 틈도 주지 않기 위해 목구멍 안에다 쏘려 한다는 걸 간파한 바나벨도 그를 따랐고, 깁스와 포르투이호의 남자도 잇달아 밤 랜스를 퍼부었다.

오오오오오오오오.

비명인지, 노성인지 알 수 없는 포효가 하늘에 울려 퍼졌다.

지상에서 기다리는 사람들은 두려움에 떨고 있을 게 분명했다. 바나벨의 뇌리를 라스벳의 불안해하는 얼굴이 스쳐갔다. 총을 든 손에 더욱 힘이 들어간다.

그사이에도 퀸 자자 호는 부쩍부쩍 상승을 계속했다. 이윽고 구름 속으로 돌진하자 시야가 흐려지며 용의 모습도 부예졌지만 그래도 다들 화살을 쏘는 것을 멈추지 않았다.

멀리서 용의 온몸이 깜빡거리고 있는 게 보인 것 같았다.

회색 구름을 뚫고 퀸 자자 호가 상공으로 나왔을 때 바나벨은 그것이 착각이 아니었음을 알았다. 이미 용은 위장을 할 여유조차 없었다. 깜빡이는 것처럼 보였던 것은 구름 틈새로 스며든 달빛이 금색 비늘을 비추고 있었던 탓이었다는 것을 깨달았다.

―태양의 화신.

네벨시 사람들이 두려워한 것도 이해가 된다. 비늘이 없는 하얀 배는 빛을 반사해서 번쩍거렸다. 빛나는 태양을 가리고 있는 구름이 눈부신 것과 마찬가지였다. 용은 밤의 어둠을 유영하는 불꽃 수레바퀴 그 자체였다.

바오, 바오 하는 기묘한 숨결은 구름 속에 두고 왔는지 호흡은 조금 진정된 상태였다.

하지만 대신 목구멍을 다친 탓인지 탁한 포효가 흘러나오고 있었다.

잡기에는 아직 멀다. 하지만 확실히 약해진 상태이긴 하다.

안도하는 한편으로 바나벨은 미카가 떨떠름한 표정을 짓고 있는 것을 깨달았다.

손상이 많으면 많을수록 폐기해야 될 부분도 늘어난다. 괴로워하는 만큼 고기도 딱딱해지고 만다. 잡을 거라면 되도록 맛있게 잡아야 한다.

—언제인가 그가 그렇게 말한 것을 떠올리면서 바나벨은 총과 예비 탄을 짊어진 후 소형 작살 두 대를 손에 들었다.

"지금이라면 할 수 있어."

그렇게 말하고 잽싸게 구명줄의 갈고리와 밧줄을 연결한다.

"엄호 부탁할게."

그 말만을 남기고 바나벨은 후크를 도르래처럼 이용해서 용을 향해 밧줄을 타고 내려갔다.

망설이고 있을 틈은 없었다.

여기서 해치우지 않으면 물러설 곳이 없다.

◆

라스벳은 달리고 있었다.

아버지의 노트를 떨어뜨리지 않도록 가슴 앞에 안고 관제탑이 있었던 곳으로 향한다. 라스벳의 동료들이 있는 곳으로.

도리스의 말대로 아버지는 힌트를 남겨두고 있었다.

누구보다도 잽싸게, 누구보다도 힘차게 움직였던 어머니가 당하고 말았던 역익룡의 비밀.

문자의 흐릿함과 적힌 위치로 보아 아버지가 그것을 적은 것은 배에서 쫓겨난 후로 추측되었다. 언젠가 다시 해후할 것을 바라고 있었다. 그 용을 잡는 날을 꿈꾸고 있었다. 하지만 만약 자신이 그 꿈을 이룰 수 없다면 누군가가 그것과 대치했을 때 해치울 수 있도록, 자신의 꿈을 맡기려는 듯 아버지는 노트에 적어두었던 것이다.

—포기하지 않았던 거야.

라스벳과 함께 밤하늘을 올려다보았을 때에도.

헛소리처럼 용에 대해 물어봤을 때에도.

행복한 과거의 환상을 뒤쫓고 있었던 게 아니다. 아버지가 보고 있었던 것은 용과 대치하는 미래의 모습뿐이었다.

어째서 말해주지 않은 건지 하는 아쉬움과 자신이 말하지 못하게 한 거라는 후회가 뒤섞인다. 민감한 화제라는 듯 라스벳은 아버지 앞에서는 용과 포룡선에 대한 이야기를 피했다. 조리장에 서지 않게 된 이유도 멋대로 추측해서 묻지 않았다.

물어보면 되었던 것이다. 아버지의 마음을. 용에 대한 것을. 그랬다면 이렇게 달리기 전에, 바나벨을 위험에 빠뜨리기 전에 모든 것을 전할 수 있었을지도 모르는데.

무사해야 돼.

어머니처럼 되지 마.

그것만을 기원하며 라스벳은 이를 악물고 계속 달렸다.

◆

옆구리에 박힌 앵커를 디디고 서보지만 등에 올라가기에는 높이가 부족해서 바나벨은 곤두서 있는 비늘을 붙잡았다. 간단히 깨지지는 않지만 사람 한 명의 체중을 버텨낼 수 있을 만큼 튼튼하지도 않다. 들고 있던 작살을 박으면서 바나벨은 록 클라이밍을 하듯 용의 몸을 기어 올라간다. 다행히 목구멍의 통증이 더 강한 탓인지 용이 바나벨의 존재를 눈치챈 기색은 없다. 다만 미쳐 날뛰는 용이 포효할 때마다 떨어질 뻔한 것을 필사적으로 견뎌냈다.

이마에 맺힌 땀이 흘러내려 눈꺼풀을 적신다. 손을 떼면 그대로 지상으로 고꾸라진다. 누구의 도움도 기대할 수 없다. 바나벨은 눈을 깜빡거린 후 최대한 밑을 보지 않도록 노력하면서 팔에 힘을 주어 오른손에 있는 작살을 뽑아 그 위에 꽂았다. 곤두선 비늘이 방해가 되었지만 발바닥을 살 부분에 대서 발판을 확보한다.

─보기보다 근육이 튼실하네.

불현듯 귓가에 되살아난 것은 처음 만났을 때 레기나가 한 말이었다. 지상에서 기다리고 있어도 되는데 위험을 돌보지 않고 함께 배에 타주었다. 후방에 그녀가 있는 것만으로도 무슨 일이 일어나건 괜찮다고 생각되는 게 신기했다. 분명 포르투이호에서도 중용되고 있을 것이다. 그런 여유는 없다고 리는 난색을 표할 것 같지만 퀸 자자 호에 스카우트하고 싶을 정도였다.

—날씬하지만 늠름해. 그게 네가 살아온 증거인 거겠지.

술집에서 마시고 있을 때 부풀어 오른 근육을 쓰다듬으며 그렇게 말했었다. 아름다운 형상이라고 몸을 칭찬해줘서 기뻤다.

—그래. 그럴 것이 나는 용잡이니까.

설령 원해서 온 것은 아닐지라도.

바나벨은 지금 스스로 원해서 하늘에 있다.

엄호해주는 동료들의 존재도, 이 몸 하나로 용을 잡는 것도 바나벨에게는 흔들림 없는 긍지인 것이다.

"…핫."

용 정도는 아니지만 거친 숨을 내쉬며 바나벨은 비로소 등에 도착했다. 역시 역익만은 통증과는 무관해서 따로 살아 있는 것처럼 보인다. 달빛에 반사되어 황금색으로 빛나며 좌륵좌륵 비늘 소리를 내고 있어서인지도 모른다. 생명의 끝을 맞이하고 있는 용에게 어울리지 않는 그 의연한 모습은 어딘지 신비롭기조차 했다.

넋을 잃고 보고 있자니 용이 크게 울부짖었다.

정신을 차리고 넓은 등의 안정된 장소에서 발을 디딜 곳을 발견한다. 볼록하게 부풀어 오른 등 중앙에 하나의 낡고 긴 작살이 박혀 있는 것을 발견하고 손을 뻗는다. 자루에 단단히 묶여 있는 오렌지색 천은 미카가 지상에서 발견했던 그것이리라. 나 참, 용케도 이런 너덜너덜한 천을 그런 거리에서 발견했군. 어이없어하면서 작살을 잡고 일어서서 바나벨은 발밑을 내려다보았다. 깊이 박혀 있긴 했지만, 지금은 살과 하나가 되어서 뽑으려고 해도 꿈쩍도 하지 않는다. 아마 누군가가 급소를 노리려다 빗나가버린 모양이다.

용의 등을 눈으로 살핀다.

급소는 인간의 그것과 별 차이가 없다. 몸 중심선에 있는 약간 파인 곳, 명치를 노리면 아무리 거대한 용이라도 버티지 못할 것이다.

총을 겨누고 밤 랜스를 쏜다.

펑 하는 소리로 용의 몸 안에서 터진 걸 알 수 있다.

만전을 기하기 위해 화살을 장전해서 다시 한 발. 숨통을 끊는 한 발.

용의 몸이 전에 없이 격렬하게 떨렸다. 소리치지도 못하게 된 용이 등을 젖히자 서 있을 수 없게 된 바나벨은 몸을 숙이고 거대한 몸에 매달렸다. 작살의 존재가 다시 도움이 된다. 여기서 떨어지면 견딜 수 없다. 얼마 동안 이대로 있기로 생각해서 바나벨은 작살을 붙잡고 한숨 돌렸다. 목숨이 끊어져도 용이 곧바로 낙하하는 것은 아니다. 진장(震臟)이 역할을 완전히 끝내는 것은 용의 온몸에서 힘이 빠진 후이다. 움직이지 않게 되면 예인하기 위한 후크를 등에 박고 퀸 자자 호가 다가오기를 기다리면 된다.

문득 바람에 나부끼는 낡은 천에 무언가 글자가 적혀 있는 게 바나벨의 눈에 들어왔다. 거의 지워진 그것을 눈에 힘을 줘서 읽어보려고 한다.

―이것은.

자세히 보려고 몸을 일으키려고 한 그때.

등골이 오싹해지는 것을 느끼고 바나벨은 벌떡 일어났다. 그와 동시에 바나벨이 매달리고 있던 곳을 역익이 세차게 두들긴다. 예상외의 움직임에 아연실색하고 있는 바나벨 앞에서 번쩍이는 역익이 몸에서 분리되어 허공에 떴다.

—아니.

거기서 처음으로 바나벨은 자신들의 착각을 깨달았다.

역익이라고 생각했던 것은 날개가 아니었다.

그것은 한 마리의 소형용이었다. 대형 용의 본체에 달라붙어 있던 새로운 생물이 지금 바나벨의 눈앞에 그 모습을 드러내고 있었다.

바나벨은 숨을 삼켰다.

날개를 가지고 있지 않은 것 외에는 본체의 미니어처라고 해도 좋을 만큼 모습은 똑같다. 하지만 동포가 공격을 받았다는 분노 때문인지 소형 용은 눈동자가 불타고 있는 것처럼 붉고 명확한 의지를 가지고 바나벨을 노려보고 있었다. 바나벨의 코앞까지 단숨에 접근하더니 용은 입을 크게 벌렸다. 아아, 이제 틀렸다 하는 체념이 머리를 스치고 지나간 것과 본능적으로 귀를 막은 것은 동시였다.

하지만 그게 다행이었다.

온몸을 찢는 듯한 음파가 용의 입에서 발사되었다.

바나벨은 고통으로 얼굴을 일그러뜨렸다. 고막이 찢어진 듯한 느낌이 들었다. 뜨뜻미지근한 것이 코에서 흘러나온다. 다리에 힘이 들어가지 않게 되어 균형을 잃고 엉덩방아를 찧었다. 완전히 무방비해진 바나벨을 눈앞에 두고 용은 용맹한 입을 더욱 크게 벌리더니 날카로운 이빨을 세우고 그 머리를 집어삼켰다.

…아니, 집어삼켰다고 생각한 그 찰나.

용의 뒤에서 튀어 오른 그림자가 있었다. 그와 동시에 폭음이 터지며 소형 용의 등이 터졌다.

큐우우. 방금 전까지는 딴판으로 약한 외침 소리를 내며 용은 그 자리에 무너져 내렸다. 그 등에 다시 한 발, 밤 랜스가 박힌다.

"방심했구나, 바나벨."

씨익 웃는 미카의 코에서도 피가 흘러나오고 있었다.

바나벨은 손등으로 코밑을 닦고 나서 이번에야말로 어깨에서 힘을 뺐다.

코앞까지 온 용의 숨결을 떠올리는 것만으로도 오싹해진다. 움직이지 않게 된 소형 용을 보면서 "이 녀석들, 서로 맛은 다르려나?"라고 말하고 있는 미카의 태평스러운 말투에 비로소 끝난 것을 확신한다.

"덕분에 살았어."

"답례라면 내가 아니라 그 녀석한테 해."

"그 녀석?"

"그 요리사."

미카가 엄지로 스윽 가리킨 곳에는 천천히 다가오는 퀸 자자 호의 모습이 있었다.

갑판 앞에서 울 것 같은 표정의 라스벳이 지로와 함께 서 있었다.

◆

밤하늘에 떨어진 별처럼 용은 황금색 빛이 약해진 채 지상을 향해 서서히, 그리고 조용히 잠기기 시작했다. 예인용 후크를 용의 등에 박는 바나벨과 미카의 모습을 보면서 라스벳은 오열을 참는 게 고작이었다. 그렇게 더럽히지 않도록 소중하게 보관하고 있었던 아버지의 노트는 너무 세게 끌어안은데다 땀에 젖어서 쭈글쭈글하다. 하지만 라스벳은 더 강한 힘으로 꽉 끌어안았다.

―고마워, 아빠.

바나벨 일행이 갑판으로 돌아오는 것을 보면서 속으로 중얼거린다. 이 노트가 없었다면 바나벨은 역익처럼 보인 그 용에게 잡아먹혀 죽었을지도 모른다.

바나벨과 미카는 번진 피 때문에 코밑이 새빨갰다. 닦은 탓인지 가죽 장갑도 빨갛다. 라스벳은 주머니에서 손수건을 꺼내 바나벨에게 내밀었다. 무슨 말을 해야 될지 몰라서 입을 다문 채 침묵하고 있는 라스벳에게 바나벨은 여느 때처럼 작게 미소 지었다.

"덕분에 살았어."

고개를 끄덕이자 참고 있던 눈물이 한 방울 뚝 떨어졌다. 어느 틈에 이렇게 눈물이 헤퍼지고 만 건가 싶어 창피해진다. 어렸을 때에도 이런 식으로 다른 사람 앞에서 운 기억은 없는데. 더 이상은 참자. 그렇게 생각했지만 바나벨이 내민 손의 온기를 어깨에 느낀 순간 다시 한 방울, 그리고 또 한 방울이 갑판 바닥에 뚝뚝 떨어졌다.

"이 사람이 가르쳐주었어. 역익은 날개가 아니라 다른 한 마리의 용이라고."

고개를 숙이고 있는 라스벳 대신 지로가 말했다.

아버지의 노트에 적혀 있었던 것이다. 역익이 날아올랐다고. 적혀 있는 레시피 뒤에 공백의 페이지가 이어지다 맨 마지막 페이지에 쓰여 있었기에 라스벳은 오늘에 이르기까지 그 메모의 존재를 깨닫지 못했다. 하지만 아버지의 서툰 실력으로 그려져 있었던 것은 라스벳이 지상에서 언뜻 본 그 용과 같이 초승달 모양의 역익이 등에 나 있고 네 개의 꼬리를 흔들고 있는 그 모습이었다. 그곳에는 등의 급소를 노리러 간 어머니가 허를 찔려 분리된 역익에게 팔을 물렸다고 쓰여 있었다. 간신히 배로 끌어올렸지만 상처가 너무 깊었고 곪는 것을 막지 못해서 그대로 하늘에서 생명을 잃고 말았다고 한다.

바나벨도 같은 꼴을 당할지 모른다고 생각하니 가만히 있을 수 없었다.

"너한테 건네주고 싶은 게 있어."

그렇게 말하고 바나벨이 내민 것은 너덜너덜해진 가느다란 오렌지색 천이었다. 하지만 간신히 원래 색깔이 오렌지색이었던 것으로 추측될 뿐 색이 많이 바랬고 더럽혀진 상태였다. 지상에서 미카가 보았다고 말한 그것일까? 하지만 왜 자신에게?

고개를 갸웃하면서 받자 바나벨은 천 한 부분을 가리켰다.

"작살에 묶여 있었는데 그거 읽을 수 있어?"

오염된 부분이라고 생각했던 것은 자수로 적은 글자인 듯했다. 처음엔 은사 같은 거였지만 용의 등에 방치되어 있던 사이에 새카매져버린 듯하다.

천을 펼치고 글자를 확인한 라스벳은 눈을 부릅떴다.

"확실히 노트에 적혀 있던 것도 같은 이름이었지?"

라스벳은 고개를 끄덕였다.

예 하고 대답하려 했지만 목이 떨려서 오열만이 터졌다.

—레일라.

해져서 읽기 힘든 상태였지만 그곳에는 분명히 그렇게 쓰여 있다.

"엄마…."

겨우 흘러나온 목소리는 떨려서 잘 발음이 되지 않았다. 노트와 천을 끌어안고 흐느끼는 라스벳의 등을 누군가가 툭툭 두드렸다. 고개를 들지 않아도 누구인지 알 수 있었다. 눈앞에 서 있는 것이 바나벨이라면 뒤에서 감싸듯이 지켜봐주는 것은 레기나 외에 있을 리 없다.

상황을 이해 못 하고 당혹스러워하는 지로를 보고 바나벨은 말했다.

"자, 이제 지상으로 돌아가자."

그 한마디를 계기로 깁스도 소리쳤다.

"좋아, 강하다! 다음은 손질이 기다리고 있다고!"

"네?!"

되도록 틈을 두지 않고 손질하지 않으면 고기와 기름은 나빠진다. 알고 있긴 하지만 완전히 지쳐 있는 선원들은 연기처럼 느껴질 만큼 노골적으로 불평하는 목소리를 냈다. 하지만 곧 어쩔 수 없지, 이 용의 배당은 어떻게 될까 따위로 불평을 하면서도 다 쓴 장비를 치우기 시작했다.

라스벳은 눈물을 삼키고 고개를 들어 바나벨에게 비로소 미소를 보였다.

"잘 돌아왔어요, 바나벨 씨."

"…다녀왔어."

낯간지럽다는 듯 바나벨이 어깨를 으쓱했다.

그런 그녀를 놀리듯 바라본 후 레기나가 주먹을 내밀었다. 바나벨 또한 주먹을 내밀어 그에 응한다.

바나벨은 돌아왔다. 모든 게 끝난 것이다.

"아무것도 안 끝났어!"

지상에 도착하자마자 일갈한 깁스의 지시에 따라 모든 배의 용잡이들이 손질을 시작한다. 하늘을 비추고 있던 투광기의 빛이 이번엔 지상에 떨어진 용에게 쏟아진다. 비행선 정박장에 운반된 용은 우글우글 몰려든 인간들에게 묘하게 평온한 위엄을 내뿜고 있었다.

라스벳도 돕고 싶었지만 전에 퀸 자자 호에서 손질한 것과는 규모가 다르다. 어디에서부터 손을 대야 할지 모르는데다 무수한 비늘로 덮여 있고 피부도 두껍다. 과연 사람의 손으로 절개할 수 있을지 난감해하던 라스벳 옆에서 나이가 비슷한, 아니, 라스벳보다도 젊어 보이는 타키타가 용을 앞에 두고 양손을 모았다.

"구름으로 돌아가서 다시 좋은 바람을 일으키기를."

용에게 말하는 옆모습을 바라보고 있자니,

"주사(呪辭)예요."

타키타는 쑥스러운 듯 말하고 웃었다.

진혼가 같은 것이려나? 라스벳은 생각했다. 마을에서 누군가가 죽으면 도리스도 죽은 자에게 말을 걸고 있다. 라스벳은 타키타처럼 손을 모았다.

"구름으로 돌아가서 다시 좋은 바람을 일으키기를."

어색하게 중얼거리자 마음이 조금 가벼워졌다. 그런 라스벳을 기쁜 얼굴로 지켜보다가,

"그럼 나도 시작해볼까!"

타키타는 용에 긴 칼을 박았다. 라스벳도 해볼까 망설이고 있자

니 그만두라며 레기나가 웃었다.

"네 차례는 좀 더 뒤야. 힘을 쓰는 일은 본직한테 맡겨둬."

언제나 가벼운 레기나의 목소리지만 오늘은 노래를 부르듯 한층 더 들떠 있었다. 아무래도 좀처럼 볼 수 없는 거대한 사냥감을 손질할 수 있는 기쁨에 들떠 있는 듯 술을 마시고 있을 때 이상으로 기분이 좋아 보인다.

"그리고 다들 너에게는 극상의 아침밥을 기대하고 있을 거야. 나도 배가 고플 정도니까."

타이밍을 재기라도 한 듯 새벽 3시를 알리는 종이 울렸다.

퀸 자자 호에서 식사를 했던 게 꽤 오래전 일처럼 생각되지만 아직 한나절도 지나지 않은 것이다. 라스벳은 방금 전까지 자신이 있었던 밤하늘을 올려다보았다. 저 구름을 꿰뚫고 별들 밑으로 나왔을 때에는 바나벨의 무사를 기원하는 것과 부유하는 감각에 익숙해지는 데 필사적이었기에 다른 것은 아무것도 생각하지 못했다. 바나벨이 돌아오자 비로소 주위를 둘러볼 여유가 생겼다.

—나, 하늘로 돌아온 거야.

돌이켜보면 가장 먼저 라스벳이 아버지와 함께 탔던, 부모님이 만났던 그 배에서 풍기던 분위기는 퀸 자자 호와 비슷했을지도 모른다. 움직임이 크고 땀 냄새가 나며 말투도 거칠지만 서툰 자상함으로 가득한 남자들. 그들이 이야기해준 추억 속의 어머니. 그들의 기운을 북돋워주기 위해 최선을 다해서 요리를 만드는 아버지. 그 광경을 라스벳은 비로소 긍정적인 마음으로 떠올릴 수 있게 된 것 같았다.

"아버지는 아마 이 용을 조리하고 싶었을 거라 생각해요. 어머니를 위해."

라스벳의 말에 레기나가 귀를 기울인다.

"어머니는 용고기를 정말 좋아하셨다는데 특히 자신이 해치운 용은 그 어떤 것보다도 맛있게 먹었다고 해요. 미카 씨 같죠?"

"훌륭한 용잡이였다는 말이네."

"…그렇다는 것을 미카 씨를 보면서 생각했어요. 레기나 씨, 이 용은 먹어도 괜찮을까요? 모두의 아침 식사용으로 조리할 수 있을까요?"

"먹을 수 없는 경우도 있는 거야?!"

레기나가 무언가 말하기도 전에 비통한 외침으로 대답한 것은 미카였다.

"이렇게 크고 맛있어 보이는 용을 먹지 않으면 어떡해!"

정말로 먹는 것밖에 생각하지 않네, 그렇게 생각하며 라스벳은 웃었다. 바나벨을 구하러 갔을 때와는 딴판이다. 라스벳의 이야기를 듣자마자 말릴 틈도 없이 밧줄에 구명줄 후크로 걸고 미끄러져 내려갔다. 그 뒷모습은 굉장히 멋졌는데 지금은 표정도, 말투도 식탐 들린 어린아이 같다.

어머니도 이런 성격이었을까? 아니, 아니, 아무리 그래도 이 정도까지는 아니었을 것이다. 하지만 아버지의 기억에 의하면 꽤나 자유분방한 사람이었다고 하니 말야. 라스벳은 생각을 굴렸다.

"정말 별난 남자네."

레기나도 어깨를 들썩이며 쿡쿡 웃었다.

"잊었어? 너희들이 어째서 이 마을에 왔는지. 이 용고기도 반드시 안전하다고는 할 수 없다고."

지금까지 잊고 있었는지—용이 나타날 때까지는 몸져누워 있었던 것조차 기억 못 하고 있는 것 아닐까 라스벳은 생각했다—미카는 아 하고 얼빠진 표정을 지었다. 그리고 분한 듯 발을 동동 구른다.

"뭐야, 라스벳이 요리해주는 것 아니었어?!"

"어머, 꽤 라스의 요리가 맘에 든 모양이네."

"당연하잖아. 퀸 자자 호에 태워서 데려가고 싶을 정도라고."

빈말을 할 만한 남자가 아니라는 것을 알고 있기에 라스벳은 뺨을 붉게 물들였다. 레기나도 응, 응 하고 고개를 끄덕였다.

"이해해. 나도 개인적으로 고용하고 싶을 정도야."

"저… 저기, 레기나 씨. 이 용은 정말 먹지 못하나요? 의사들이 식중독의 원인을 조사하고 있었잖아요."

가족 이외의 사람과는 교류를 피했던 까닭에 이렇게 면전에서 다른 사람의 칭찬을 받은 경험이 없는 라스벳은 온몸이 근질거리는 것을 느끼고 화제를 바꾸었다.

"아, 맞다. 무언가 특정 부위가 문제라고 하지 않았나요? 그 부분 외에는 먹을 수 있지 않나요?"

라스벳의 말을 들은 주위의 용잡이들이 뭔가 떠올랐다는 듯 흠칫 움직임을 멈추었다. 레기나는 의미심장한 눈으로 그들을 둘러보았다. 하지만 아무도 눈을 마주치려고는 하지 않았다.

대체 뭐지? 하고 시선으로 묻자,

"아무래도 심장 판막증에 걸려 있었던 모양이야."

레기나는 쓰게 웃으며 말했다.

"심장 판막증요?"

들어본 적 없는 병명에 라스벳은 눈살을 찌푸렸다.

"심장에는 혈액을 정상적으로 흐르게 하기 위한 판막이 존재하는데 간단히 말하면 이게 제 기능을 못 하게 되는 병을 말해. 혈액이 역류하거나 동맥 경화를 일으키는 등, 뭐 여러모로 큰일이지만…."

레기나는 용을 해치운 북쪽 산을 쳐다보았다.

"오랫동안 이 부근을 거점으로 삼고 있던 이 용은 얌 나무 꽃가루를 과도하게 섭취하는 바람에 꽃가루 알레르기를 일으키고 말았어. 사람은 꽃가루 알레르기로 판막이 손상되는 일은 거의 없지만 꽃가루와 함께 들어온 균 때문인지 점막 이상을 일으킨 탓에 무언가 기능이 저하되었는지 아무튼 심장이 손상되어 있었다는 게 우리들의 견해야."

재촉을 받고 돌아보니 심장을 꺼내는 용잡이들 주위에는 의사로 보이는 사람들이 몰려 있었다.

"손질이 끝난 용에서는 확인할 수 없었던 것을 알게 될지도 몰라. 역익룡님 만세인 거지. 아, 역익이 아니었던가? 아무튼."

"그럼 저기… 쓰러진 사람들만 먹었다는 부위라는 게 심장이었다는 말인가요?"

"그런 셈이지."

레기나가 무언가 나쁜 꿍꿍이가 떠올랐다는 듯 씨익 웃었다.

하지만 라스벳으로선 알 수 없었다. 그것이 어째서 창피한 일인거지? 무뚝뚝한 깁스조차 귀를 빨갛게 물들인 채 묵묵히 손질을 계속하는 것을 보고서 의아한 표정을 짓고 있는 라스벳에게 레기나가 물었다.

"어릴 적에 누군가에게서 듣지 않았어? 용의 심장은 먹으면 안 된다고."

"…글쎄요…?"

"뭐, 그렇겠지. 우리들 세대에서조차 잘 듣지 않게 된 낡은 미신 같은 거니까."

있잖아 하며 레기나는 소리를 죽이고 라스벳의 귓전에서 속삭였다.

"용의 심장은 정력 증강 효과가 있다고 해. 무슨 의미인지 알겠어?"

이번엔 라스벳이 새빨개질 차례였다.

옆에서 타키타가 어색하게 웃었다.

"그래서 여자는 먹으면 안 된대요. 하지만 전 궁금해져서 모두가 말리는 것도 듣지 않고서 함께 먹고 말았어요. 그것도 많이."

"여자에 대해서는 미약 효과가 있다고 하니 말야. 네가 먹고 싶다고 했을 때 주변 사람들의 기분이 어땠을지 이해가 돼."

정말 어색했을 거라며 동정의 빛이 감도는 그 목소리에 퀸 자자 호의 남자들은 응, 응, 세차게 고개를 끄덕였다. 하지만 타키타는 태연했다.

"하지만 궁금하잖아요. 먹어본 적도 없고, 먹어보니 굉장히 탄력이 있어서 맛있었고 말이죠."

"페이가 제일 먼저 먹자고 그랬어."

오켄이 고기를 썰면서 말하자 니코도 기회라는 듯 고개를 끄덕였다.

"맞아, 맞아. 먹으면 용처럼 씩씩해진다는 말을 페이가 할아버지한테서 들었다고 해서."

"그런 말을 들은 이상, 안 먹을 수 없잖아."

"그렇지?"

"잠깐, 거기 두 사람, 너무하잖아요! 두 사람도 신나 있었으면서!!"

"정말 남자들은 바보라니까."

레기나는 어깨를 으쓱했다.

"뭐 그렇게 된 거니까 심장과 그 주변 부위 이외라면 문제없을 거라 생각하지만, 만약을 위해 우리들이 이렇게 점검하는 김에 돕고 있는 거야."

"아… 해부하고 싶어서가 아니었나요?"

"물론 그것도 있어. 이 용은 재밌는 구조를 가지고 있어서 말야. 커다란 쪽이 암컷이고 역익룡이 수컷인 듯해. 일체화하고 있었던 것은 일종의 교미 상태였을지 몰라. 용의 생식에 대해서는 거의 알려져 있지 않으니 해치운 공적은 크다고."

반짝반짝 눈을 빛내면서 용을 올려다보는 레기나의 표정은 하늘에서 용을 발견했을 때의 미카와 똑같았다.

―사람에게는 각각의 직분이 있다….

도리스의 말을 떠올린다.

레기나에게 그것은 의학인 것이다. 아버지에게는 요리, 그리고 어머니는 용잡이의 직분을 다하고 죽어갔다.

―그럼 나는?

요리사가 된 것은 아버지의 마법을 동경했기 때문. 그리고 알마의 도움이 되고 싶었기 때문이다. 그것만으로 이유는 충분하다고 생각한다. 하지만 라스벳은 과연 자신의 요리를 관철한 채 만족하고 죽을 수 있을까?

"이봐, 타키타! 지로! 뇌유(腦油) 좀 퍼줘!"

용의 꼭대기, 즉 등에 서 있던 깁스가 소리쳤다.

순간적으로 "저도 도울게요!"라고 대답한 것은 이곳에서 아무것도 하지 않고 이야기만 하고 있었던 게 너무 껄끄러웠기 때문이다. 타키타가 어리둥절한 얼굴로 라스벳을 바라보았다.

"괜찮겠어요? 뇌장은 굉장~히 냄새가 지독한데."

"그런가요?"

"온몸이 기름투성이가 되고 말이죠. 모처럼 예쁜 옷을 입고 있는데."

그렇게 말하고 타키타는 자신과 라스벳을 번갈아 보았다. 라스벳은 자신의 작업복이 특별히 예쁘다고는 생각되지 않았지만, 조금 더러워져 있는 탓인지 어딘지 창피한 듯 자신의 제복 자락을 잡아당기는 타키타의 모습에 라스벳은 무심코 강한 어조로 "괜찮아요"라고 대답했다.

"옷은 씻으면 되고, 용고기를 쓸 수 있을지 알 수 없는 이상, 아침 식사 준비도 할 수 있는 일이 제한되어 있으니… 저도 여러분에게 도움이 되고 싶어요."

"좋지 않아? 무슨 일이든 경험이야, 경험!"

"뭐… 라스벳 씨가 괜찮다면 상관없지만요…."

정말 냄새가 지독하다며 타키타는 아직 걱정스러운 듯하다.

"괜찮아. 끝나면 함께 목욕탕에 가면 되니까. 너, 아직 가본 적 없지? 이곳 목욕탕은 끝내준다고."

레기나의 말에 비로소 타키타는 표정을 빛냈다. 라스벳은 바나벨, 레기나와 함께 목욕탕에 갔던 날을 떠올렸다. 며칠 전의 일인데 그것 또한 꽤 먼 일처럼 느껴진다. 몇 년이나 쭉 레기나 등과 함께 이 마을에서 살아온 듯한 느낌이 들고 만다.

—그래. 이 사람들은 하늘로 돌아가버리는 거야.

당연한 사실에 생각이 미치자 라스벳의 가슴이 따끔 하고 아팠다. 둘러보니 백 명 가까운 용잡이들이 용의 산을 기어 올라가 고기를 잘라 운반하고 있다. 작업하는 그들의 모습이 눈부신 것은 빛에 반사되고 있기 때문만은 분명 아니다. 식중독의 원인도 알게 된 지금 그들이 떠나지 않을 이유는 없었다.

"뇌유라는 것은 용의 머릿속에 차 있는 기름을 말해요. 모든 용이 가지고 있는 것은 아니라서 굉장히 고급품이라네요."

타키타의 설명에 라스벳은 흠칫 정신을 차렸다.

"머릿속에 들어가서 양동이로 푸는 거예요. 그래서 저와 지로 씨처럼 왜소한 사람이 맡게 되죠. 기술은 필요 없지만 힘이 많이 드는 일이에요."

"괜찮아요. 요리도 의외로 힘을 많이 쓰는 일이거든요. 많은 사람의 식사를 만들 때에는 큰 고기를 혼자 썰어야 하고, 야채를 운반하는 데에도 힘이 필요하죠. 산으로 야초를 따러 가는 일도 있으니까 힘에는 자신이 있어요."

가슴을 펴는 라스벳의 모습에 타키타는 뜻밖인 듯 눈을 둥글게 떴다.

"의외로 씩씩하네요. 가냘픈 체격이라 멋대로 얌전한 사람이겠지 생각하고 있었는데, 말도 잘 통하고 해서 기쁘네요."

꾸밈없이 웃는 타키타의 모습에 라스벳은 시선을 떨구었다.

"…원래 가족 말고는 그렇게 이야기를 많이 하는 타입이 아니었어요. 하지만 퀸 자자 호 분들이 너무 잘 대해주셔서."

말없이 무뚝뚝하게 있었던 자신이, 시키는 대로 요리만 제공하면 불만은 없을 거라 생각하고 있던 자신이 얼마나 교만했는지 잘 알 수 있다. 특히 타키타와 이야기를 하고 있으면 옹고집인 자신이 창피해진다.

역익의 비밀을 바나벨에게 전해야 한다고 호소하는 라스벳에게 "오토 자이로가 있어요!" 라고 맨 먼저 말해준 것도 타키타였다.

"뭔지 모르겠지만 알려야 하는 게 있다는 거죠? 지로 씨, 오토 자이로로 모두가 있는 곳까지 데려다주세요!"

그녀가 그렇게 말해주었기에 그 자리에 있던 전원이 당혹스러워하면서도 신속하게 데려다주었다. 신빙성도 없는 이야기를 어째서 그렇게 쉽게 믿어주었는지 나중에 물어보니, 라스벳 씨가 필사적이었거든요 하며 별일 아니라는 듯 웃었다. 자신도 이런 식으로 친절한 마음을 누군가에게 나눠줄 수 있으면 좋겠다며 지금까지의 라스벳이라면 엄두도 못 냈을 생각을 했다.

―그러고 보니 딜크가 걱정스러운 얼굴을 하고 있었지.

지금은 심장을 점검하고 있는 소꿉친구의 얼굴을 떠올린다. 딜크가 좋아하는 음식은 얇게 채 썬 감자를 당근과 로즈마리를 재운 용기름으로 볶은 것이다. 몸에 안 좋아서 라스벳은 거의 만들지 않지만 오늘 정도는 괜찮을 것이다. 퀸 자자 호 사람들도 기뻐할 거라 생각하니 가슴이 뛰었다.

타키타를 따라간 곳에는 말랑말랑한 거대한 자루 같은 덩어리가 놓여 있었다. 한복판에 칼자국을 내고 벌린 다음 도구로 고정해놓

앉다. 장화와 장갑을 빌려서 양동이를 들고 머뭇머뭇 안으로 들어간다. 들어간 순간 발이 미끄러진 라스벳은 기름 웅덩이 위에 멋지게 엉덩방아를 찧었다.

"굉장해. 뇌라기보다는 위장 속에 있는 것 같아."

바깥에서 본 대로 말랑말랑한 내벽을 만져본다. 타카타의 말대로 몹시 비렸지만 그보다도 용의 몸 안에 들어와 있다는 것에 감동했다.

"즐거워 보이는군요, 라스벳 씨."

"라스라고 불러도 돼요. …예, 즐거워요. 옛날 포룡선에 타고 있을 때에도 이런 체험은 해본 적 없었으니까."

보호받고 있었다는 것을 지금이라면 알 수 있다.

용이 공격해오면 맨 먼저 선실에 갇혔기에 모두가 싸우는 모습을 볼 수 없는 게 불만이었지만 덕분에 하늘의 여행을 계속하면서도 어린 라스벳이 부상을 입는 일은 없었다. 손질 현장에 접근하지 못하게 한 것은 분명 어떤 감염증이 있을지 모르기 때문이다. 그래서 포룡선에 타고 있었다고는 해도 아버지 일을 도운 것 외에는 별 관련이 없었다.

…아, 맞다. 배를 내리게 된 것은 슬슬 라스벳도 돕게 하는 게 어떠냐고 누군가가 말했던 무렵이었던 것 같다.

양동이로 푼 기름을 밖에서 대기하고 있는 깁스에게 건네고 다시 빈 양동이를 받아 든다. 용 냄새에 감싸이면서, 아득히 먼 곳에 두고 왔던 보물이 다시 돌아오려 하고 있다는 것을 라스벳은 느꼈다.

"타키타 씨… 한 가지 묻고 싶은 게 있는데요."

"저도 그냥 타키타라 불러도 돼요."

"그럼 타키타."

"왜? 라스."

후후 얼굴을 마주 보고 두 사람은 웃었다.

"저기 말야, 혹시… 혹시 말야, 네가 식중독으로 쓰러진 탓에 요시 씨가 배를 떠나게 된다면 어떻게 할래?"

타키타는 손길을 멈추고 진의를 살피려는 듯 빤히 라스벳을 바라보았다.

아버지가 배에서 쫓겨난 원인이 된 식중독도 아마 심장을 먹은 게 원인이었을 것이다. 이 부근을 도는 배에만 탔던 아버지다. 꽃가루 알레르기에 걸린 용을 잡았다고 해도 이상한 이야기는 아니다.

문제는 라스벳 또한 식중독으로 쓰러졌다는 것이다.

어머니를 잃은 아버지가 정력 증강에 흥미를 가졌을 것으로는 생각되지 않으니 아마 손을 대지 않았을 것이다. 하지만 라스벳은 먹었다. 무슨 경위인지 알 수 없지만 음식에 대한 호기심이 옛날부터 남보다 왕성했던 라스벳이다. 남자들이 몰래 먹고 있는 것을 발견하고서 훔쳐 먹은 게 분명하다.

라스벳만의 탓은 아니다.

하지만 라스벳도 가담했다는 사실은 지워지지 않는다.

라스벳의 표정에서 심각한 것을 느꼈는지 타키타는 우웅 하고 팔짱을 끼고 생각에 잠겼다. 이윽고 쥐어짜듯 대답했다.

"…아무것도 안 했으려나?"

"아무것도 안 한다고?"

"쓰러진 게 나 혼자라면 이야기는 다를지도 모르지만 말야…. 요시 씨의 인생을 결정해버릴 만큼 나는 대단한 사람도 아니니까."

타키타는 자신의 말에 납득했는지 응 하고 고개를 끄덕였다.

"요시 씨가 퀸 자자 호를 떠난다고 하면 그건 요시 씨가 심사숙고해서 결심한 일이라고 생각해. 내가 계기가 될 수는 있어도 아마 그것만이 이유는 아닐 거야. 나 한 사람 때문에 사주장을 그만둘 만큼 요시 씨에게 이 일은 가볍지 않을 테니까."

아, 또 울 것 같다.

그렇게 생각해서 라스벳은 억지로 미소를 지어 보였다.

"타키타답네."

"뭐, 의기소침할 거라고는 생각하지만!"

그것과 이것과는 별개라고 타키타는 말했다.

그렇다. 그랬던 거다. 라스벳은 타키의 말을 가슴에 새겼다. 아버지는 아버지의 긍지를 가지고 살았다. 그렇게 믿어도 될 것이다.

"이봐~, 라스벳. 잠깐 괜찮아?"

"아, 죄송해요. 지금 나갈게요!"

"아니, 그게 아니라."

양동이를 들고 뇌유 자루에서 얼굴을 내밀자 그곳에는 바나벨의 모습이 있었다.

"잠깐 괜찮아?"

여느 때처럼 담담한 어조로 라스벳을 불러냈다.

◆

심장과 내장 이외에는 먹어도 된다는 지시가 내려와서 환호성을 지른 것은 물론 미카였다. 어찌어찌 절반 이상 손질이 끝난 용을 앞에 두고 두 팔을 치켜든다.

"좋아, 먹자! …음? 라스벳은 어디 갔어?"

"아까 바나벨 씨와 어딘가로 갔는데요."

대답한 것은 시온이었다.

쉬지 않고 일했던 딜크와 함께 휴식을 겸해 지시를 전하러 온 것이었다.

"뭐야, 먹은 적 없는 걸 먹을 수 있을 거라 생각했는데."

노골적으로 실망하는 미카의 모습에 시온은 쓰게 웃었다. 그 모습이 라스벳과 매우 닮았다고 레기나는 생각했다. 딱 부러질 만큼 자기주장이 강한 성품이지만 그만큼 완고해서 툭 하고 건들면 무너져버릴 것 같은 라스벳. 기가 센 거라든지 서툰 자상함 같은 것도 일전에 누구보다도 사랑했던 아이와 매우 닮은 데가 많았다. 어느 틈엔가 자신의 여동생 같다는 느낌이 들었지만 그녀의 가족은 자신이 아니라는 것을 새삼 깨닫게 하는 표정이었다.

"만약 괜찮다면 대신 제가 만들게요. 간단한 것밖에 못 만들지만 라스벳이 직접 가르쳐준 거라 맛은 보장합니다."

그렇게 말하고 시온은 조리장을 가리켰다.

"요시 씨도 함께 식사 준비를 시작한 참입니다. 휴식을 취할 수 있을 것 같은 사람부터 부디 오시길."

"오, 뭘 만들어줄 건데?"

"용고기 쿠민 볶음 같은 건 어떤가요? 가늘게 채 썬 양파와 당근, 피망을 용고기와 함께 볶아낸 요리인데, 갈아낸 당근, 쿠민, 얌 열매 등도 들어가서 안주로 좋습니다."

"그런 심한 냄새가 나는데 요리에 섞어도 괜찮은 거야?"

걱정스럽다는 듯 말한 것은 바다킨이었다. 위협포를 계속 쏜 탓에 온몸에 얌 냄새가 배고 말았다고 탄식하고 있었다.

"걱정 마세요, 말린 열매를 쓰니까요. 톡 쏘는 맛이 나름대로 중독성이 있다고요."

딜크가 끼어들었다.

"나는 커틀릿을 먹고 싶네. 〈용의 송곳니〉에서 먹었던 것. 여러 종류의 버섯이 들어간 크림소스가 뿌려져 있어서 삶은 감자와 함께 먹으면 최고라고."

"그건 이 부근에서 즐겨 먹는 요리라 금방 만들 수 있어요. 감자라고 하니까 생각나는데, 시온, 라스가 그거 만들어주지 않으려나? 오랜만에 먹고 싶은데."

"직접 말하지그래. 분명 만들어줄 거야."

"그럴까? 그 아이는 나한테 쌀쌀맞아서."

"자꾸 놀리니까 그렇잖아. 라스 앞에서는 묘하게 건방진 태도를 취하고 말이지."

"하지만 반응이 하나하나 재미있는걸."

"그러니까 미움을 받는 거야."

"네가 할 소리는 아니잖아."

한숨을 돌리자 긴장이 풀렸는지 레기나 일행 앞에서는 정중한 태도를 취하고 있던 두 사람도 지금은 평범한 청년으로 보였다. 이 두 사람이 있으면 라스벳은 문제없겠어, 그렇게 생각하다가 정작 자신은 라스벳에게 아무런 존재도 아니라는 것을 깨닫고 레기나는 남몰래 쓴웃음을 지었다.

최소한 이 마을에 있는 동안만은 라스벳을 지키고 싶다고 생각했었다. 무엇으로부터인지는 알 수 없다. 다만 그녀의 마음을 과도하게 완고하게 만들고 있는 것으로부터 잠시라도 좋으니까 해방시켜주고 싶다고 생각했다. 그것이 몹시 교만한 생각이고, 애당초 라스벳은 일방적으로 보호받아야 될 만큼 약한 여성이 아니라는 것도 알고는 있었지만.

—구원을 받은 것은 나였을지도 모르겠네.

레기나는 우웅 하고 기지개를 켰다.

술을 마시고 싶었다. 말수가 적은 바나벨이 맞장구를 쳐주는 것을 들으며 원 없이.

나 참, 이별도 가까운데 귀여운 그 아이를 데리고 어디로 간 거지? 아무리 찾아봐도 발견되지 않는다.

"슬슬 동이 틀 무렵이로군."

어느 틈엔가 옆에 서 있던 미카가 하늘을 올려다보며 중얼거렸다. 시선이 향한 곳에는 밤하늘을 달리는 작은 기계의 모습이 있었다.

◆

바나벨에게서 고글을 건네받은 라스벳은 다시 탈 일 없을 거라 생각했던 오토 자이로에 올라탔다.

"저기, 바나벨 씨. 전 뇌유로 끈적끈적한데… 최소한 옷을 갈아입고 나서…."

"상관없어. 그리고 이제 시간도 없고."

"시간…?"

"꽉 붙잡고 있어."

시동을 걸자 앞부분에 달린 작은 프로펠러가 회전을 시작했다. 바바바바바. 시끄러운 소리를 내며 오토 자이로는 달려 나가더니 이윽고 둥실 떠올랐다. 배 속이 흔들리는 이 순간에 라스벳은 아직 익숙지 않다.

바나벨은 아무런 이야기도 하지 않았다.

하지만 신기하게 불안은 없었다.

바나벨에게 몸을 맡기고 있으면 그것만으로도 왠지 안심할 수 있었다.

빨리, 더 빨리… 만을 생각하고 있었던 첫 번째와는 달리 지금은 주위를 돌아볼 여유도 있었다. 두꺼운 구름을 향하는 도중 라스벳은 머뭇머뭇 발밑의 마을을 돌아보았다. 산 같다고 생각했던 용은 점점 멀어졌고, 지금은 거의 뼈만 남은 그 모습이 마치 화석 같았다. 스스로를 빛냈던 비늘은 이제 없고, 사람의 손에 의해 내장 구석구석까지 빛을 받으며 잘게 손질되고 있다. 그렇게나 두려워했던 것이 작고 무력한 존재로 변해가고 있다.

"…구름으로 돌아가서 다시 좋은 바람을 일으키기를."

타키타에게서 배운 주사를 다시 중얼거린다.

도리스의 진혼과도 닮은 그 말은, 요리와도 통하는 게 있는 것 같다고 라스벳은 문득 생각했다. 손질한 용고기는 라스벳 일행이 먹는 것에 의해 피와 살이 된다. 그 몸은 언젠가 흙으로 돌아가고 다시 다음 생명으로 이어진다.

─잡은 용을 손질해서 먹을 때까지는 죽지 않아. 그것이 용잡이

니까 말야.

미카의 말도 그런 의미였을지도 모른다고 가슴속에서 반추한다.

이윽고 구름 속으로 두 사람은 돌진했다. 흐릿한 시야에 당황하는 일 없이 바나벨은 똑바로 구름 위를 향한다. 언제나 망설임이 없는 그 모습에 다가가고 싶다고 생각한 라스벳은 바나벨의 허리에 감은 팔에 힘을 주었다.

이윽고 구름이 흐려지더니 시야가 밝아졌다.

하지만 그것은 조금 전같이 달빛 때문이 아니었다.

바람이 없는 조용한 밤하늘에 오토 자이로의 프로펠러 소리만이 울려 퍼진다. 상승을 멈추고 선회를 시작한 바나벨이 무엇을 보여 주고 싶었는지 라스벳은 순식간에 이해했다.

별의 깜빡임은 이제 보이지 않는다.

하늘이 보라색으로 물들어 있기 때문이다.

저 멀리 지평선이 연분홍색을 띠나 싶더니, 대치했던 용보다 훨씬 강렬한 광채를 내뿜었다. 황금색 태양이 얼굴을 내비치고 있다.

그것은 쭉 꿈꾸고 있었던 동이 트는 하늘이었다.

언젠가 돌아가기를 바랐던 라스벳의 고향이었다.

"…새벽."

떨리는 목소리로 중얼거리자 바나벨이 고개를 기울이고 돌아보려는 듯한 낌새를 보였다.

"제 이름이에요. 저는 새벽에 태어난 아이라서."

그래서 부여받았다. 어머니의 고향에서 새벽을 의미하는 이름을.

라스벳은 바나벨의 등에 이마를 붙였다. 이 이상 눈물을 보이고 싶지 않았다.

"고마워요, 바나벨 씨. 전 이 경치를 보고 싶었어요. …그동안 쭉 보고 싶었어요."

그래? 라고 대답한 후로 바나벨은 아무 말도 하지 않았다.

그저 묵묵히 몇 초마다 표정을 바꾸는 밤하늘을 이리저리 비행한다. 그 등에 매달리면서 라스벳은 눈을 깜빡일 틈도 없다는 듯 부릅 뜬 눈으로 그 경치를 뇌리에 새겼다.

용 냄새에 감싸인 채 다시는 잊지 못할 그 황금색 광채를.

에필로그

출발하는 날 아침, 바나벨과 레기나가 끌려간 곳은 산중턱에 있는 작은 수도원이었다. 예배당에 있는 역익룡을 연상시키는 스테인드글라스 옆에 용 가죽을 세공한 작은 태피스트리가 걸려 있었다. 용의 손질과 가공을 맡는 천부사(千剖士)들이 만든 것이 분명했다.

"이곳에 올 때마다 타키타에게서 배운 말을 외우려고 해요."

그렇게 말하는 라스벳의 표정은 모든 걱정을 다 털어버린 듯 개운해 보였다.

"용잡이 여러분의 무사와 이 마을의 평화도 함께 기도할 겁니다."

그렇게 말하고 원장 도리스도 미소 지었다. 봄의 햇살 같은 그 미소에 정화될 것 같은 마음을 품는 것과 동시에 라스벳은 이제 괜찮겠구나, 하는 묘한 안도감을 바나벨은 맛보았다. 그녀에게 너무나 감정을 이입하고 있는 스스로를 깨닫고, 배로 가는 도중 그 이야기를 하자,

"다행이야. 나만 그런 게 아니었네."

레기나가 안도한 표정을 지었다.

"우리 배에 올래? 라고 물어봤지만 거절당하고 말았어. 아깝네. 이렇게 데려가고 싶다고 생각한 아이는 처음이야."

"요리도 맛있고 말이지."

"그래. 최소한 우리 요리장보고 레시피를 기억하라고 해야지."

퀸 자자 호에 타지 않을 거냐고 바나벨도 물어보기는 했다. 아버지처럼 하늘을 여행하는 요리사가 되는 게 그녀의 바람이기도 한 것 아닐까 생각했기에.

하지만 라스벳은 온화한 표정으로 고개를 가로저었다.

"사람에게는 각각의 직분이 있으니까요."

묘하게 어른스러운 어조로 그녀는 말했다.

"저는 여기서 마을 사람들과… 마을을 방문하는 용잡이들을 위해 요리를 계속 만들 거예요."

그 식당은 이제부터 계속 번창할 것이다. 다음에 들를 때에는 바나벨 일행 따윈 상대도 안 해줄지 모른다. 그런 예감이 기쁘기도 했지만 일말의 쓸쓸함을 느끼는 것도 사실이었다.

"하늘에 살기로 결심했을 때부터 가족과 함께 감상은 버렸다고 생각했는데… 틀려먹었네. 아직 수행이 부족해."

그것은 언제나 당당했던 레기나가 처음으로 내뱉은 약한 소리였다.

지상에 미련을 남기면 용잡이로서의 각오에 빈틈이 생긴다. 그것은 곧 자신과 동료들의 목숨을 위태롭게 하는 것으로 이어진다. 하지만 살아 있는 이상, 모든 감상에서 벗어나는 것은 불가능하다.

"뭐든 적당히 하면 돼."

"그래. 언젠가 만날 수 있다는 즐거움이 늘었다고 생각하면 살아갈 기력도 생기는 법이겠지."

"몇 년 후가 될지 모르지만 말야."

이윽고 공사 중인 관제탑에 도착하자 레기나는 바나벨에게 몸을 돌렸다.

"만나길 잘했어. 언젠가 다시 보자고."

"그래. 언젠가 다시 봐."

그리고 두 사람은 서로의 주먹을 부딪쳤다.

그 이상의 말은 필요 없었다.

퀸 자자 호로 돌아와보니 마침 모든 짐의 적재가 끝난 참이었다. 충분히 휴식을 취해서 체력을 주체하지 못하는 남자들이 여느 때 이상으로 떠들썩하게 배를 뛰어다니는 가운데, 갑판에 서 있었던 카펠라와 메인이 바나벨을 발견하고 손짓했다.

바나벨이 돌아갈 장소는 지상에는 없다.

이 배와, 그리고 용이 유영하는 하늘만이 살아갈 장소이다.

동쪽으로 서쪽으로, 남쪽으로 북쪽으로, 천공을 유영하는 용을 뒤쫓는다. 바람을 잡고, 그림자를 잡으며 여행은 어디까지고 계속된다.

바나벨은 이제 돌아보지 않았다.

배에 올라타 용 냄새가 배어 있는 공기를 크게 들이마신 후, 출발 준비를 계속 하는 동료들을 향해 걸어갔다.

— 끝 —

DRAGON's RECIPE

◉ 카망베르 치즈 오일 절임

재료 (1인분)
- ◆ 카망베르 치즈 : 1개　◆ 양파(작은 알) : 1/2개
- ◆ 바질(신선한 것으로) : 1~2다발
- ◆ 참마 잎 : 1개 *없으면 타임(말린 것), 로즈마리(말린 것)
　　각 1개씩으로 대용
- ◆ 참마 열매(깍둑썰기) : 10알 정도 *없으면 흑임자로 대체
- ◆ 적고추(작은 것) : 1개　◆ 소금 약간
- ◆ 용유(없으면 올리브 오일) : 150cc
- ◆ 마늘 : 갈아서 or 으깨서 취향만큼

1 치즈를 길게 반절 썰어 안에 마늘을 채운다.
*갈아서 넣는 쪽이 마늘 향이 진해집니다.

2 슬라이스한 양파와 허브류를 잘게 부숴 밀폐기에 깔고, 그 위에 치즈를 올린다.

3 양파와 허브를 치즈 위에 올린다.

4 조미료를 전부 넣고, 치즈를 오일로 적신다.

5 밀폐시킨 후 2~3일 가만 놔둔다.

◉ 용의 간 완자 스프

재료 (6인분)
- ◆ 용의 간 : 300g *대용품은 돼지 간을 추천
- ◆ 채썬 생강 : 20g　◆ 채썬 대파 : 20g　◆ 소금 : 한 줌
- ◆ 참마 열매 자른 것 : 소량 *없으면 흑임자로 대용
- ◆ 달걀 노른자 : 1개　◆ 으깬 밤 가루 : 두 큰술
- ◆ 술 : 한 큰술
- (A) ◆ 물 : 1200g　◆ 술 : 100cc
- 　◆ 용고기가 없으면 브이용(주5) 4개

1 간을 찐 다음, 생강과 대파를 섞어 소금과 참마로 밑간을 한다.

2 이어서 노른자와 밤 가루를 섞고, 술을 넣어 향을 날린다.

3 간을 취향에 맞는 크기의 완자로 빚는다.

4 (A)를 중탕시켜 약한 불에 완자를 넣어 찐다.
*국물이 탁해지니 오래 끓이지 말고 20분 정도만 끓일 것.

5 남은 완자 중 열 개 정도를 쪄서 형태가 유지된 것은 구워서 먹어도 좋음.

◉ 용고기 커민 조림

재료 (2~3인분)
- ◆ 용고기 250g (술, 간장, 미림, 각 한 큰술을 섞어 잠시 놔둔다)
　*없으면 무슨 고기라도 OK
- ◆ 으깬 밤 가루 : 한 큰술　◆ 피망 : 5개　◆ 양파 : 1개
- ◆ 당근 : 1/2개　◆ 용유 (없으면 올리브 오일) : 적당량
- (A) ◆ 마늘, 생강 : 각 10g (전부 채 썰어도 OK)
- 　◆ 커민 : 두 작은술　◆ 소금 : 두 작은술　◆ 파란 고추 : 2개

1 프라이팬을 가열하지 않은 채로 용유를 넣은 다음, (A)를 넣고, 약한 불로 기름향이 밸 때까지 놔둔다.

2 슬라이스한 양파와 허브류를 잘게 부숴 밀폐기에 깔고, 그 위에 치즈를 올린다.

3 양파와 허브를 치즈 위에 올린다.

레시피 협력＝카코우 미사와　　　　　주5) 브이용: bouillon, 고기 혹은 생선으로 낸 조리용 육수.

공정 드래곤즈

2021년 6월 8일 초판 인쇄
2021년 6월 15일 초판 발행

저자 · Momo Tachibana
원작 · 일러스트 · Taku Kuwabara
역자 · 김영종
발행인 · 황민호
본부장 · 박정훈
마케팅 · 조안나 이유진 이나경
국제업무 · 이주은 김준혜
제작 · 심상운 최택순 성시원
한국판 디자인 · 디자인 우리
발행처 · 대원씨아이(주)

서울 특별시 용산구 한강로3가 40-456
편집부 : 02-2071-2104 FAX : 02-794-2105
영업부 : 02-2071-2061 FAX : 02-794-7771
1992년 5월 11일 등록 3-563호

http://www.dwci.co.kr/

원제 KUTEI DRAGONS
©Momo Tachibana / Taku Kuwabara 2019
First published in Japan in 2019 by KADOKAWA CORPORATION, Tokyo.
Korean translation rights arranged with KADOKAWA CORPORATION, Tokyo.

ISBN 979-11-362-7861-6 03830